It's a Quest, Baby!

It's a Quest, Baby!

Vier Heldenreisen als Literatur und Kunst

Ricarda Brücke & Angela M.D. Otto
Thanassis Kalaitzis & 1
Jörg Olvermann & Rashid Salman
Judith H. Strohm & Mansour Ciss Kanakassy

Die Geschichten und die Kunst entstanden im Rahmen der Veranstaltung 48 Stunden Neukölln 2014.

Bibliografische Information der Deutschen Nationalbibliothek: Die Deutsche Nationalbibliothek verzeichnet diese Publikation in der Deutschen Nationalbibliografie; detaillierte bibliografische Daten sind im Internet über www.dnb.de abrufbar.

Texte: © 2014 Ricarda Brücke || Jörg Olvermann || Judith H. Strohm || Thanassis Kalaitzis

Kunstwerke & Abbildungen: © 2014 Angela M.D. Otto || Rashid Salman || Mansour Ciss Kanakassy

© Cover & Umschlag Angela M.D. Otto (www.hoploid.com)

„Herstellung und Verlag: BoD – Books on Demand, Norderstedt"

ISBN: 9-783735-742308

Prolog

quest – die Heldenreise eines Helden oder einer Heldin, in deren Verlauf er oder sie verschiedene Aufgaben löst, Abenteuer besteht, Feinde besiegt, Schwierigkeiten überwindet, magische Objekte findet und dadurch Ruhm und Erfahrung gewinnt. Sinn ist die innere Reifung und Reinigung des Helden.

„Courage", sagt die Mutter und schickt die Helden auf die Reise. Bildende Künstler und Autoren verbünden sich, erkunden die Zwischenwelten von Bild und Text und stellen sich den Herausforderungen cross-medialen Erzählens. Sie treten in Dialog, reflektieren Schaffensprozesse und die eigene künstlerische Entwicklung. Sie lassen sich von den fremden Landschaften des Gegenübers inspirieren. Dabei erfahren sie Neues über sich selbst.

Reisegemeinschaften (MischMash & Freunde):
Ricarda Brücke & Angela M.D. Otto
Thanassis Kalaitzis & 1
Jörg Olvermann & Rashid Salman
Judith H. Strohm & Mansour Ciss Kanakassy

Hier sind sie versammelt: vier Heldenreisen mit ihrer jeweils eigenen Topographie. Lieber Leser und Betrachter, folge uns ins Labyrinth ...

Es klingt so wild und dunkel

Ricarda Brücke

AKT I

BALLHAUS

Steht ihr gut, sagt der Blick in den Spiegel. Rotblond. Schmal. Lässt an „Der Clou" mit Robert Redford denken. Das Gesicht ihrer Freundin Sima taucht neben ihr auf. Simas Oberlippe ziert ein dicker schwarzer Schnurrbart: „Dir steht er noch besser." „Ha, ich sehe aus wie mein Onkel Reza", Sima reißt den Schnurrbart ab und lacht. Sie arbeitet beim Film als *personal Sklave*, wie sie es nennt. Die Bärte sind Requisiten, die am Set gerade keiner braucht. Sima hat sie als ihr Eigentum deklariert. Genauso wie die Maske, die sie jetzt aufsetzt. Deren Oberfläche ist uneben. Ein mit Muscheln und Schneckenhäusern bewachsener Fels. „Ich gehe so." Sie schubst Lea: „Und du, ab in die Klamotten!" Mit Nadelstreifenhose, Hemd, Weste und Schiebermütze sieht Lea dann tatsächlich aus wie ein Hustler aus dem Chicago der dreißiger Jahre. „Weißt du, was mich schockiert?", fragt Sima, während sie ihre Freundin von oben bis unten betrachtet. „Du bist das Abbild deines Ex." Lea geht in den Flur zum großen Spiegel. Sie streckt die Brust raus und setzt einen gelangweilten Gesichtsausdruck auf. Sima hat Recht. „So, und genauso werde ich den ganzen Abend rumlaufen, damit ich endlich einmal weiß, was es bedeutet, cool zu sein", erklärt sie.

Das mit der Coolness hält nicht lange vor. Sie amüsieren sich zu gut im Ballhaus. Lea hat das Gefühl, sie kann alles machen: mit Frauen flirten, mit Männern flirten, galant sein, provozieren, prollig sein. Sie trinken Bier, Sima mit einem Strohhalm. Sie tanzen. „Ich hätte Lust mich zu prügeln", sagt Lea irgendwann und stellt fest, dass ihre Freundin mit anderem beschäftigt ist: einem großen Typen in einem Seepferdchen-Kostüm. Ganzkörper. Nur sein Gesicht ist zu sehen …
Der Mann mit dem Ganzkörperkostüm und die Frau mit der Maske. Lea schüttelt den Kopf, geht an die Bar und bestellt noch ein Bier. Sie setzt die Flasche an, den Hals zwischen Mittel- und Zeigefinger geklemmt, wie es ihr Ex-Freund immer gemacht hat. Jetzt fühlt es sich

nicht mehr natürlich an. Lea ist draußen aus dem Spiel. Sie steigt auf das Podest neben der Bühne. In der Ecke lehnt sie sich an die Wand. Auf der Tanzfläche dreht es sich etwas mehr als es sollte. Sima und das Seepferdchen mittendrin. Hippocampus: Lea fällt ein, dass bei der Spezies die Männer die Jungen austragen. Ein dicker Mann mit einem kleinen gelben Hut drängelt sich an ihr vorbei. Lea wundert sich, wo der auf einmal herkommt. Eben war hinter ihr niemand. Sie entdeckt eine Tür. Ach so? Lea öffnet sie und steht in einem Holzverschlag. Durch eine zweite Tür kommt sie in ein Treppenhaus. Sie läuft die Treppe nach oben. Ein dunkler Gang. Geradezu ein quadratischer Ballsaal. An der Decke ein Kristallleuchter mit brennenden Kerzen. Spiegel an den Wänden, zum Teil beschädigt, zum Teil blind. Der Raum ist leer. Es läuft Musik. Die kommt aus einem mp3-Player rechts auf dem Tisch, der an eine Box in Größe und Form eines Eis angeschlossen ist. Lea hat sich geirrt. Hinter dem Tisch sitzt jemand. Ein Typ mit Fußballerwaden, die in einer Netzstrumpfhose stecken. Die Beine liegen auf dem Stuhl vor ihm. Er hat die Augen geschlossen. Als er das Knarren der Dielen hört, öffnet er sie. „Bajafondo?", fragt Lea. Der Kerl nickt und bietet ihr den Platz neben sich an. Er trägt falsche Wimpern. Seine Lippen sind blutrot. Er sieht aus wie Tenoch Huerta, der mexikanische Schauspieler. Lea könnte schwören ... Sie hören schweigend Musik. Dann kommt ein Stück, das Lea besonders mag. Sie erhebt sich. Mit angewinkeltem Unterarm neigt sie sich zu einer Verbeugung. Tenoch Huerta steht auf und lässt sich von ihr führen. Sie drehen sich im Kreis und im Kreis und im Kreis. Tenoch Huerta fixiert sie mir seinen dunklen Augen. „Irgendetwas stimmt hier nicht ganz", sagt er. Irgendetwas stimmt hier nicht ganz, denkt Lea als sie mit pochendem Kopfschmerz und Schwindelgefühl in ihrem Bett aufwacht. Sima liegt neben ihr und schnarcht. Irgendetwas stimmt hier nicht ganz ...

ST.OBERHOLZ

Um vier sitzt Lea an einem Tisch im St.Oberholz. Ihre Hirnmasse ist wabernder Pudding. Auf der anderen Seite sitzt Erik, Kollege bei der digitalen Bildbearbeitung. Seinem Selbstverständnis nach ist er Optimierer. Lea sieht sich dort eher in der Funktion als Verstümmler. Wenn man Yvonne Catterfeld für die Fernsehzeitung eine Taille verpasst, die keinen Platz für innere Organe lässt, dann ist das ihrer Meinung nach Verstümmelung. Und selbst bei den Landschaftsbildern – intensivere Sonnenuntergänge, blaueres Wasser und grünere Hügel wie perwollgewaschen. Postkartenmotive von Berlin bei Nacht, in die das Glitzern der Lichter hineinmontiert wird. Vielleicht ist das Makellosigkeit. Was es nicht ist: Schönheit. Erik trägt eine dunkelgrüne Wollmütze, einen dunkelblauen Wollschal und ein gönnerhaftes Lächeln im Gesicht. Er hat eingewilligt, sich heute hier mit ihr hier zu treffen, weil er eine formelle Fotografie-Ausbildung hat und Lea nicht. Sie hat ihn gebeten, sich ihre Fotos anzuschauen. Erik geht erstmal vor an den Tresen und bestellt zwei Ingwertee. Lea schaut sich um. Auf der anderen Seite sitzen all diese Menschen aufgereiht hinter ihren Macbooks. Männer mit Vollbärten und Wollmützen und Frauen mit Pferdeschwänzen in Oversize-Wollpullovern, deren Gesichter im Widerschein der Bildschirme glänzen. Ganz sicher alles Optimierer. Lea stellt sich vor, dass sie mit ihren Smartphones Fotos von ihr machen, die sie dann auf den Macs mit Photoshop bearbeiten. Augenringe weg, mehr Farbe auf die Wangen, die etwas schiefe Nase begradigen, die Oberschenkel dünner. Als Erik zurückkommt, liegt Leas Mappe auf dem Tisch. Erik nimmt sich Zeit, die Fotos durchzuschauen. Hin und wieder hält er zwei nebeneinander und betrachtet sie mit Kennerblick. Schließlich schiebt er den ganzen Stapel zusammen und packt ihn zurück in die Mappe. Er schaut Lea an, so als erwarte er eine Antwort von ihr. Lea fällt nicht ein, was die Frage sein soll und schweigt. Eriks Handy klingelt. Er geht ran. „Nein, die Idee mit dem Mac-Store ist gestorben. Wir schenken ihm jetzt dieses Buch, das ich bei Ocelot gefunden habe, diesen Bildband: *Die Illustrierte*

Geschichte von ALLEM. Wie, was damit gemeint sein soll? Die Geschichte vom Anfang der Zeit bis heute. Ja, das Buch kostet achtzig Euro, aber das ist mal was Besonderes. Ja, ich habe doch schon gesagt, dass ich es besorgen kann." Erik verdreht die Augen. „Okay, ja, okay. Bis dann." Erik schüttelt den Kopf. Dann legt er die Hand auf Leas Mappe und schaut sie eindringlich an: „Ich kann sehen, was du damit vorhattest. Aber das macht schon lange keiner mehr so. Der Kontext ist total willkürlich. Wenn Gegenstände, dann bitteschön als museale Artefakte und ordentlich ausgeleuchtet. Aber, wie gesagt, das macht heute eigentlich niemand mehr. Und schwarz-weiß, Lea? Das ist so Oberstufe-Kunst-LK." Lea fragt sich, was sie nochmal auf die Idee gebracht hat, dass Erik ihr helfen könnte. Der nippt an seinem Ingwertee und sagt: „Die Bilder haben keine Aussagekraft. Die kannst du noch nicht mal beim Berliner Fenster als Foto des Tages einreichen. Wirklich, mach was anderes. Bei Fotografie bist du draußen." Erik schiebt die Hände in seine Skinny Jeans und wechselt das Thema: „Hab gehört, du und dein Freund, das ist Geschichte. War ein cooler Typ. Was Besseres findest du bestimmt nicht. Ich meine, guck dich doch mal um in dieser Stadt: nur Spacken und Psychos." „*Die Illustrierte Geschichte von ALLEM.* Für wen ist die noch gleich?", fragt Lea.

RINGBAHN

On my own I faced a gang of jeering, in strange streets, ooh, when my nerves were pumping and I fought my fear in – I did not run, I was not done. Joe Strummer begleitet sie auf dem Weg zur Arbeit. Es ist der Strummer aus den Siebzigern mit den abgefuckten Zähnen. Lea wohnt exakt eine halbe Runde mit der Ringbahn von ihrem Arbeitsplatz entfernt. Das heißt, sie fährt morgens in die eine Richtung hin und nachmittags in die andere Richtung zurück. Sie kennt jede einzelne Station aus dem Effeff, weiß, wo der meiste Müll auf den Gleisen liegt, an welchen Häuserwänden welche Sprüche stehen, welche Werbeplakate an welcher Station hängen, oftmals sogar, wo bestimmte Leute ein- oder aussteigen. Jetzt sitzen ihr zwei Teenager gegenüber, die Sachertorte in sich reinstopfen, wahrscheinlich übrig geblieben vom sonntäglichen Kaffeetisch. Sie essen die Kuchenstücke wie Brot, beißen große Stücke ab. Lea bekommt davon ein mulmiges Gefühl im Magen. Es ist acht Uhr morgens. Sie schaut über die beiden hinweg und erblickt den Obdachlosen, der mit der motz in der Hand den Gang hinunterkommt. Als er auf ihrer Höhe ist, setzt er sich auf den Sitz schräg gegenüber und starrt Lea an. „Was?", denkt sie, „erinnerst du dich nicht, dass ich dir letzten Freitag schon eine abgekauft habe?" Der Mann fixiert sie mit erstaunlich klaren blauen Augen. Er sagt etwas. Lea dreht den Lautstärkeregler runter. „Uruguay!" „Bitte?" „Du musst Uruguay aussteigen." Er schaut sie erwartungsvoll an, so als ob er sichergehen wolle, dass sie ihn verstanden hat. „Ähä." Er nickt, steht auf und sagt noch einmal: „Denk dran, Uruguay aussteigen." Dann ist er verschwunden. Lea muss über das Wort nachdenken: U-ru-gwai. Klingt seltsam. Und dann: Na klar! Tolkien hat seine Ork-Krieger danach benannt: Uruguay, Uruk-Hai. Ganz sicher. Lea wirft einen kurzen Blick auf das Smartphone mit dem die beiden Teenager jetzt spielen, nachdem sie den Kuchen vertilgt haben, dann holt sie ihr eigenes Prepaid-Handy (not quite as smart) heraus. Sie hat eine SMS von Sima erhalten: Heute Abend Reispudding und Arak bei mir. Muss dir was erzählen ... Eine Seepferdchengeschichte, denkt Lea. Sie blickt aus dem Fenster. Irgendetwas ist komisch. Und es ist nicht nur die Morgensonne, die aus der eben noch dichten Wolkendecke einen gelben Strand macht, gegen den das karibisch blaue Meer des Himmels anbrandet. Die Häuser, an denen sie vorbeifahren, erscheinen fremd. Joe Strummer singt *Can't you feel it, don't ignore it, gonna be al-righht*. Die S-Bahn hält an einer Station, die Lea nicht kennt. Auf dem Schild am Bahnsteig steht Uruguay. Leas Herz pocht wie wild. Sie sieht, wie sich die Türen öffnen. Lea weiß nicht, was sie tun soll. Schon leuchtet das Licht und das Signal erklingt, das anzeigt, dass sie sich gleich wieder schließen. Sie springt auf und raus aus der S-Bahn. Die Fransen ihres roten Schals bleiben im Spalt zwischen den Türen hängen. Als sie an dem Schal zieht, löst sich ein Wollfaden. Der Zug hinter ihr fährt weg. Lea steht allein auf dem Bahnsteig.

AKT II

URUGUAY

Der Bahnsteig ist menschenleer. Ein warmer Wind treibt diese Dinger, diese Westerndinger – wie heißen die noch gleich? – genau, diese Rosen von Jericho über den Asphalt. Es ist warm, viel zu warm für Februar. Die Sonne steht hoch am Himmel. Nicht acht-Uhr-hoch, eher gegen elf. Lea zieht den roten Schal aus, dann den Mantel. Zu ihrer Überraschung trägt sie darunter ein schwarzes Tank-Top und die Haremshose, ein Kauf, zu dem sie ihr Ex-Freund überredet hat. Diese Klamotten hat sie heute Morgen nicht angezogen. Wahrscheinlich, denkt Lea, liegt sie zu Hause im Bett und schläft. Allerdings kann sie sich nicht erinnern, in einem Traum schon einmal so deutlich den Wind und die Sonne auf ihrer Haut gespürt zu haben. Lea geht die Treppe hinunter zum Ausgang. Warum ist hier niemand? Gegenüber der S-Bahn-Station sieht sie eine dieser typischen heruntergekommenen Bahnhofswirtschaften. Da drin muss doch eine Menschenseele sein? Lea tritt durch die Tür und wundert sich. Über die Kühle im Raum und darüber, wie schlicht und edel er eingerichtet ist. Helles Holz, hellgrüne Wände. Hinter einer Theke mit einer Auslage frischen Fischs steht ein Japaner unbestimmten Alters. Der Mann trägt ein schwarzes Kopftuch und hält ein großes Messer in der Hand. Mit dem Messer schneidet er Sushi-Rollen in einer Geschwindigkeit, die Lea schwindlig macht. Um ihn herum türmen sich Berge von Sushi, fein säuberlich aufgestapelt. Er scheint Lea, die im Eingang steht, nicht bemerkt zu haben. Sie läuft vor zur Theke. Vor dem Sushi-Mann stehen drei Affenfiguren: Mizaru, Kikazaru, Iwazaru – nichts sehen, nichts hören, nichts sagen. Das erscheint Lea nicht sehr vielversprechend. „Sindbad, der Seefahrer, wie?", sagt der Mann nun, ohne aufzuschauen. Lea starrt ihn nur an. „Die Hose", meint er dann. „Oh, ja, nein, ich bin Lea." „Wir-müssen-das-Universum-vom-bösen-Imperator-befreien-Leia?" „Äh …" „Geht mich ja auch nichts an. Was machst du hier?"

Das ist ein gutes Stichwort: „Ich weiß nicht", sagt Lea, „ich bin hier ausgestiegen." „Wenn du hier ausgestiegen bist, dann doch bestimmt aus einem Grund." „Jemand hat mir gesagt, dass ich aussteigen soll." „Machst du immer das, was man dir sagt?", das Messer teilt eine Sushi-Rolle in zwei, in vier, in acht, in sechzehn Teile. Alles sehr schnell. „Ich hatte das Gefühl, das ich es tun sollte." „Das ist ja schon mal was." „Wo bin ich hier?", will Lea nun wissen. „Uruguay, Berlin", sagt der Japaner und dann: „Was hast du denn für ein Gefühl, was du hier machen sollst?" Lea zuckt mit den Schultern: „Etwas finden vielleicht …" Der Mann hört kurz auf zu schneiden, blickt hoch und sagt: „Richtig." „Mmh, und was soll ich finden?", fragt Lea. Zwei, vier, acht, sechzehn. „Nun, zunächst einmal den Boten, dann den Schlüssel, die Tür und schließlich das Buch." „Oh. Das erscheint mir recht viel." „Du glaubst wohl, dass du so viel nicht verdient hast?" Der Mann irritiert Lea: „Wo … fange ich an zu suchen?" „Hotel Plaza, unten am Fluss. Dort musst du das erste Rätsel lösen." „Ein Rätsel?" „Natürlich. Die Welt ist voller Rätsel. Dieses lautet: Was ist weder Fisch noch Fleisch?" Er überreicht ihr eine Box mit Sushi. „Ein kleiner Rat noch: Nicht denken, hinsehen. Wenn du anfängst zu denken, entgeht dir das Entscheidende. Und nun: viel Erfolg." Es sieht so aus, als hätte der Japaner nichts mehr zu sagen. Lea verlässt den kühlen Raum und tritt hinaus in die Sonne.

HOTEL PLAZA

Die Straße ist abschüssig. Lea läuft zwischen zweistöckigen Häusern mit pastellfarbenen Fassaden und gusseisernen Balkonen hindurch. Auf den Balkonen stehen Käfige mit bunten Vögeln. Die Vögel pfeifen ihr nach. Lea erreicht die breite Uferpromenade. Südländisch aussehende Frauen gehen hier spazieren. Die Frauen tragen Sommerkleider, so bunt wie das Gefieder der Vögel, und ein verträumtes Lächeln im Gesicht. In der Ferne sieht sie ein einzelnes längliches Gebäude mit zwei Türmen. Grau, monumental, irgendwie bedrohlich. Sicher das Hotel. Als sie direkt davor steht, erdrückt das Plaza sie fast. Lea läuft eine endlos erscheinende Treppe nach oben. Durch eine Drehtür gelangt sie in die

Lobby. Die ist eine Symphonie aus beigefarbenem Marmor. Der Marmor glänzt: der Boden, die Säulen, die runden Torbögen. Beigefarbene Menschen sitzen auf beigefarbenen Sesseln. Lea läuft an ihnen vorbei zum hinteren Teil des Saales. Zwei Räume gehen hier ab. Im großen Raum auf der rechten Seite reicht ein Marmorturm im Zentrum bis hinauf an die hohe Decke. Um den Turm herum sitzen Menschen an einer Bar. In dem kleinen Raum auf der Linken befindet sich die Garderobe. Dort steht jemand. Dieser Jemand trägt eine Maske. Es ist Sima. „Was machst du hier?", fragt Lea und läuft auf ihre Freundin zu. „Wonach sieht es denn aus? Ich arbeite. Du kannst dir echt nicht vorstellen, wie arrogant diese Reichen sind …" Sima wirft eine Blick an ihr vorbei. Dann packt sie Lea am Arm: „Komm, versteck dich hier hinten. Dich darf niemand sehen." Sie zieht Lea über die Marmorablage und drückt sie nach unten auf den Boden. Jemand kommt, um sein Jackett abzugeben. Lea kann ihn nicht sehen, aber riechen. Er riecht nach Geld. Der Mann macht Sima gegenüber eine anzügliche Bemerkung. Dann verschwindet er in Richtung Bar. „Und was machst DU hier?", fragt Sima nun. „Ich soll ein Rätsel lösen: Was ist weder Fisch noch Fleisch?" Sima überlegt kurz. „Tofu", schlägt sie vor. Ein anderer Geruch weht zu Lea herüber, der Geruch eines schweren Parfüms. Zu dem Geruch gehört eine tiefe, sonore Frauenstimme: „Meine Schwester und ich haben eine Verabredung und werden währenddessen unseren Horatio bei Ihnen lassen." Lea vernimmt einen weiteren, aufdringlich süßen Duft und eine zweite Frauenstimme. Sie ist viel höher als die erste: „Kümmern Sie sich gut um ihn. Wenn wir ihn nachher abholen und er hat schlechte Laune, dann …" Die Stimme verrät, dass es Sima dann nicht gut gehen wird. Die Frauen entfernen sich. Sima stellt eine Schlangenledertasche vor Lea ab. Aus der Tasche schaut der Kopf eines Mopses heraus, der sie mit traurigen dunklen Augen anblickt. Lea streckt die Hand aus, um den Mops zu streicheln. Der fängt an zu knurren und zeigt dabei seine Zähne. Schnell zieht Lea die Hand zurück. „Hey, hast du nicht gehört? Wir sollen Horatio nicht ärgern", meint Sima. „Dieses Vieh hat die Zähne eines Piranha", zischt Lea. „So ein Unsinn." Sima setzt sich neben Lea auf den Boden und streckt die

Hand nach dem Mops aus. Der beginnt zu kläffen und springt mit der Tasche auf sie zu. „Holy shit!", ruft Sima. Sie verpasst der Tasche einen Tritt mit dem Fuß, so dass diese meterweit über den Marmorboden schliddert: „Du hast Recht." Der Fußtritt hat das Tier erst richtig in Rage gebracht. Es tobt wie wild. Der Reißverschluss der Handtasche löst sich, immer weiter, bis der Hund herausspringen kann. Der Mops hat kein Fell, sondern goldene Schuppen, wie ein Fisch. „Ein Goldmops", sagt Sima tonlos. Horatio kommt langsam mit gebleckten Piranhazähnen auf sie zu. Lea hat eine Eingebung. „Was ist weder Fisch noch Fleisch?", ruft sie und öffnet die Box mit dem Sushi. Sie schmeißt dem Mops ein Stück zu. Der fängt es im Flug, kaut, schluckt und wedelt mit dem Schwänzchen. Er blickt Lea erwartungsvoll an. „Los, jetzt schmeiß noch eins", flüstert Sima. „Wir müssen den Hund mitnehmen", erklärt Lea, „das ist der Bote." Sima springt auf: „Bist du vollkommen verrückt geworden?"

SCHWIMMENDER MARKT

Mit Sushimagie lockt Lea den Goldmops zurück in die Schlangenledertasche. Das Tier ist satt und verhält sich friedlich. Lea trägt die Tasche. Zusammen mit Sima geht sie zum Hinterausgang des Hotels. Am Flussufer sind einige Gondeln festgemacht. „Die gehören zum Plaza", erklärt Sima. Auf einer Gondel sitzt der Seepferdchenmann, spielt Ukulele und singt: *It's a god-awful small affair to the girl with the mousy hair, but her mummy is yelling 'no', and her daddy has told her to go.* Sima fragt ihn: „Kannst du uns hier wegbringen?" Der Seepferdchenmann schaut auf, lächelt über beide Ohren und nickt. Es sieht so aus, als hätte er nur auf diese Frage gewartet. Während er sie über den Fluss rudert, singt er: *Don't let the sun blast your shadows, don't let the milk floats ride your mind, so natural – religiously unkind.* Lea schaut Sima an. Die versichert ihr: „Der Typ ist okay." Dann ergänzt sie mit Blick auf den Goldmops: „Und er beißt nicht, was man von deinen Freunden nicht behaupten kann." Lea wünscht sich, sie könnte das Gesicht ihrer Freundin hinter der Maske sehen. Sie schaut an ihr vorbei zum Himmel. Die Sonne steht jetzt im Zenit. Das andere Ufer ist noch weit entfernt. Die Gondel gleitet dahin. Das, was hinter ihnen liegt, wird schnell kleiner. Die Miniaturfiguren, die wild gestikulierend am Anlegeplatz des Hotels stehen, sehen sie schon nicht mehr. Lea, Sima und der Seepferdchenmann haben den Blick nach vorn gerichtet. Es ist ein breiter Fluss und es ist einsam hier auf dem Wasser. Lea schwitzt. Sie versucht nachzudenken, ein paar klare Gedanken zu fassen, doch alles zieht an ihr vorüber, wie die kleinen Wellen am Bug des Bootes. Sie fühlt Leere, dann ein unbestimmtes Gefühl, vielleicht ein Drücken, vielleicht ein Ziehen, etwas, das man möglicherweise am ehesten als … Hunger beschreiben kann. Sie blickt auf die Box in ihren Händen. Sushi kommt nicht in Frage. Das ist Mopsfutter. Lea schaut sich in der Gondel um. Etwas anderes gibt es nicht. Nun, das mit dem Essen muss warten … Ein Boot kommt ihnen entgegen. Keine Gondel, ein flacher Kahn. Drinnen sitzen zwei asiatische Frauen und kichern. Warum kichern die, fragt sich Lea. Dann sieht sie, dass der Kahn randvoll gefüllt ist mit exotischen Früchte. Es sind Sorten, die Lea noch nie gesehen hat. Sie blickt fragend zu Sima hinüber. Ihre Freundin ist schon dabei, die Frauen heranzuwinken. Sie machen mit einem Enterhaken an der Gondel fest und bieten – kichernd – ihre Ware an. Es gibt längliche Früchte mit einer Schlangenhaut und kleine Runde mit roten Haaren. Eine der Frauen hält eine große ovale Frucht in die Höhe. Sie hat dicke Dornen und riecht intensiv nach Bergkäse. Lea, Sima und der Seepferdchenmann schütteln den Kopf. Sima wählt ein pinkfarbenes Gewächs aus, das ein wenig an eine Artischocke erinnert. Im Gegenzug gibt sie den Asiatinnen etwas, das aussieht wie ein Mosaikstein. Die Frauen nicken und lächeln und lösen den Enterhaken von der Gondel. Das Fruchtfleisch ist orangefarben und schmeckt süß. Lea fühlt sich davon sowohl gesättigt als auch erfrischt. Es ist wie Essen und Trinken in einem. Andere Boote kommen ihnen entgegen. „Ein schwimmender Markt", Sima ist entzückt und holt weitere Mosaiksteinchen aus der Tasche. Die Händler verkaufen Gemüse, Nudeln, Teigtaschen, Reisbällchen, Stofflampen, Keramikschalen, bunte Seidenkleider, T-Shirts mit kitschigen Tigermotiven, … Lea und Sima fühlen sich überfordert von dem überreichen Angebot. Langsam kommt das andere Ufer in Sichtweite. Zwischen den Marktbooten erblickt Lea gefleckte Koi-Karpfen im Wasser. Der Goldmops hat sie auch entdeckt und bellt heiser. Lea schmeißt ihm ein Sushi-Röllchen zu. Horatio schluckt, ohne zu kauen, und bellt weiter. Er wirft den Kopf hin und her und versucht, den Reißverschluss der Tasche zu öffnen, den Sima vorsorglich mit einem Stück roten Wollfaden gesichert hat. „Er will rein ins Wasser", stellt Lea fest. „Und die armen Kois fressen", meint Sima. Als das Tier erkennt, dass es gefangen ist, beginnt es, erbärmlich zu winseln. Der Seepferdchenmann winkt Sima zu sich herüber und flüstert ihr etwas ins Ohr. Sima nickt: „Also, gut." Sie geht zur Schlangenledertasche und löst den roten Faden. Sofort springt Horatio aus der Tasche und hinein ins Wasser. Im nächsten Moment ist er verschwunden. Lea starrt ihre Freundin an: „Wieso hast du das gemacht? Das war der Bote. Der hatte eine Aufgabe …" „Und welche, bitte schön?", fragt Sima. „Woher soll ich das wissen? Ich weiß nur, dass ich ihn nicht einfach hätte abhauen lassen … so ganz ohne … Nachricht und alles." Lea steigert sich in die Sache rein und es dauert eine Weile, bis ihr klar wird, dass der Seepferdchenmann schon die ganze Zeit mit dem Finger nach unten zeigt. Neben der Gondel schwimmt der Goldmops, mit einem kleinen goldenen Schlüssel zwischen den Piranhazähnen. Vorsichtig nimmt Lea den Schlüssel an sich: „Danke." Horatio macht im Wasser einen zufriedeneren Eindruck als an Land. Es sieht fast so aus, als würde er lachen. Nicht, dass das mit seinen Zähnen besonders freundlich aussehen würde. Er vollführt einen Rollmops, äh, eine Mopsrolle im Wasser, dann taucht er ab und bleibt verschwunden.

HAMAM

Die Gondel und die Kähne der Händler um sie herum beginnen zu schaukeln. Hinter ihnen hört Lea aufgebrachte Rufe. Sie schaut zurück und erblickt ein beigefarbenes Schnellboot, das sich rücksichtslos seinen Weg durch das Markttreiben bahnt. Auf dem Boot stehen zwei Frauen, die Lea nie gesehen hat, aber dennoch erkennt: Die Mopsinhaberinnen. Ihre Gesichter sind erboste Medusa-Masken. Fehlt nur noch das Schlangenhaar. Begleitet von einer Gruppe muskulöser Männer kommen die Furien direkt auf sie zu. Lea begreift, dass sie keine Chance haben. Mit der Gondel sind sie viel zu langsam. Der Seepferdchenmann packt sie am Arm und zeigt auf Sima, die auf das Boot des nächstgelegenen Händlers gestiegen ist. Sie winkt. Die beiden wollen ihr folgen. Doch der Abstand zur Gondel hat sich vergrößert. Sie müssen springen. Lea landet unsanft auf einem Sack mit Plastikpuppen, die unter ihr anfangen zu tanzen, zur Musik von *Gangnam Style*. Sie rappelt sich hoch. Zu dritt springen sie von Kahn zu Kahn – einige wackeln gefährlich, kippen aber nicht - und entkommen so ihren Verfolgern. Als sie das Ufer erreichen, tauchen sie ein in die Straßen der Stadt und laufen so lange, bis sie sicher sind, dass niemand sie findet. Als sie schließlich erschöpft anhalten, stehen sie auf einem kleinen staubigen Platz. Gegenüber befindet sich ein rundes Gebäude mit einer Kuppel, umschlossen von einer hohen Steinmauer. Das Eingangsportal ist monumental. Über einer schweren Holztür befindet sich ein strahlenförmiges Gitter, darüber ein runder Torbogen, bemalt in Gold und Silber, darüber ein quadratisches Fenster aus buntem Glas und obendrauf ein Pagodendach aus Stein. Lea fühlt sich magisch von diesem Tor angezogen. Die Tür ist verschlossen. Sie überprüft die Mauer, um zu sehen, ob es eine Möglichkeit gibt, an ihr hinaufzuklettern. Sie ist ebenmäßig und glatt. „Hast du nicht eben einen Schlüssel bekommen?", fragt Sima. „Ja, aber einen sehr kleinen. Ich meine, hast du diese riesige Tür gesehen?" Sima nickt. Der Seepferdchenmann hält ein kleines blaues Flugblatt hoch, auf dem steht: „Auch eine schwere Tür hat nur einen kleinen Schlüssel nötig. Charles Dickens." Lea und Sima schauen sich an. Dann holt Lea den kleinen goldenen Schlüssel aus der Tasche, geht zur Tür und steckt ihn in das Schloss. Die Tür öffnet sich und schließt sich hinter ihnen wie von Geisterhand. Die Drei stehen in einem Garten mit Zitronenbäumen. Ein Bassin aus blauen und gelben Mosaiksteinen führt direkt zum Eingang des runden Gebäudes. In dem Bassin ist Wasser. Davor steht eine verschleierte Frau in einem nachtblauen Kleid. Sie winkt den Seepferdchenmann durch und deutet Lea und Sima mit Handzeichen an, dass sie ihre Kleider ausziehen und ins Becken steigen sollen. Das Wasser reicht ihnen bis zu den Schultern. Langsam bewegen sie sich durchs Wasser, Schritt für Schritt. Am anderen Ende erwartet sie eine weitere verschleierte Frau mit karierten Tüchern, die sie sich um den Körper wickeln. Sie betreten das Haus und werden in unterschiedliche Richtungen geleitet. Lea findet sich in einem runden Raum wieder, der wie von Mondlicht beleuchtet erscheint. An den Wänden erkennt sie Mosaike, auf denen Mond und Sonne abgebildet sind. In der Mitte des Raumes befindet sich ein großer Stein. „Leg dich schon einmal hin", hört sie eine sanfte Stimme sagen. Der Stein ist warm. Weit über sich an der Decke sieht Lea den Nachthimmel mit seinen Sternen oder etwas, das eine gute Attrappe ist. An vier Stellen im Raum stehen Metallschalen unter Wasserhähnen. Lea weiß jetzt, was das hier ist: ein Hamam. Eine kräftige Frau mittleren Alters kommt aus einem Torbogen. Sie hat ihr schwarzes Haar nachlässig nach oben gesteckt und trägt so etwas wie einen weißen Kopfkissenbezug in den Händen. Sie beugt sich zu Lea hinunter und lächelt. Ihre Augen lächeln. Lea denkt, die Frau ist wunderschön. „Das Kompliment gebe ich gerne zurück", sagt diese und löst das karierte Tuch um Leas Körpers. Dann schlägt sie mit dem Kopfkissenbezug Seife. Bald befindet sich Lea unter einem ganzen Berg von Seifenschaum. Die Frau beginnt, sie zu waschen. Schrubben ist der richtige Ausdruck. Sie schrubbt, zuerst die Rückseite, dann die Vorderseite von Leas Körper. Dabei spricht sie: „Vertrauen ist deine Beziehung zum Unbekannten. Was ist deine Wahrheit? Vertrauen ist deine Beziehung zum Unbekannten. Was ist deine Wahrheit? Vertrauen ist deine Beziehung zum Unbekannten. Was ist deine Wahrheit? Vertrauen …" Sie wiederholt die Sätze wie ein Mantra. Als Leas Haut quietscht, übergießt die Frau sie mit warmem Wasser und spült den Seifenschaum ab. Sie blickt sie noch einmal an mit ihren lächelnden Augen und verschwindet durch den Torbogen.

GAZEBO

Von einer dritten verschleierten Frau hat Lea ein buntes Sommerkleid bekommen. Sie geht in den Garten und erkundet das Terrain. Es wird langsam dunkel. Versteckt hinter Jasminbüschen entdeckt Lea eine Laube und steigt die drei Treppenstufen hinauf. In der Mitte der Laube steht ein Diwan mit gold- und silberfarbenen Kissen. An der Decke hängen Lampen aus geschliffenem Glas, in denen Kerzen brennen. Rot, grün, orange und gelb. Lea legt sich hin. Der Duft der Jasminblüten schenkt ihr ein Gefühl von Leichtigkeit. Sie sinkt hinüber in das Land des Vergessens und Erinnerns. Sie träumt von einem Tanz unter Wasser, einem Tanz, den Sima und der Seepferdchenmann tanzen. Als sie aufwacht und benommen die Augen öffnet, sieht sie die Waden. Ihr Blick wandert hinunter zu den Füßen, die in Flip Flops stecken, und hinauf zu khakifarbenen Bermudashorts. Lea rollt sich vom Bauch auf die Seite. Sie reibt sich die Augen. Tenoch Huerta steht vor ihr im Kerzenlicht. Zu den Bermudashorts trägt er eines dieser T-Shirts mit Tigermotiv, die Lea auf dem Markt gesehen hat. Als sie sein Gesicht betrachtet, wendet er verschämt den Blick zu Boden. Dann streckt er die Hand aus. Lea steht auf und lässt sich von ihm führen. Sie drehen sich im Kreis und im Kreis und im Kreis. Seine dunklen Augen begegnen ihren. „Es geht in beide Richtungen", sagt er und lächelt. Erst jetzt Lea hört den Song, zu dem sie tanzen: *Clap along, if you feel like happiness is the truth.* Lea löst die Arme aus der Tanzhaltung und umfasst sein Gesicht mit beiden Händen. Sie gibt ihm einen Kuss. Er umfasst ihre Hüfte und zieht sie zu sich heran. Wie ein Taschenkrebs mit zwei Zangen bewegen sie sich zusammen vorwärts – seitlich. Sie fallen auf den Diwan und übereinander her. Seine Hände sind wie die Gezeiten. Sie hinterlassen Spuren im Sand. Seine Küsse sind wie ein Sog. Sie ziehen sie zum Meeresgrund. Lea lässt sich treiben. Zusammen werden sie zurück an Land gespült, zwei neugeborene Robbenbabys. Als die Kerzen erloschen sind und der Silberstreif am Himmel den neuen Tag ankündigt, stehen Sima und der Seepferdchemann vor ihnen. Sima sagt: „Es ist Zeit. Wir müssen das Buch finden."

TURM (BIBLIOTHEK)

Ein breiter Boulevard. Ein Turm auf der einen, ein Turm auf der anderen Seite. In einem von ihnen befindet sich die Bibliothek. Es gibt kein Hinweisschild. „Entweder oder. Wir müssen uns für einen entscheiden", sagt Sima. Lea betrachtet die beiden Türme. Sie sehen exakt gleich aus: dreizehnstöckige neoklassizistische Bauten, errichtet, um Macht zu demonstrieren. „Die Macht des Wissens und die Macht des Nichtwissens", sagt Tenoch. „Wir stimmen ab", meint Lea. „Wer ist für den Turm rechts?" Tenoch und der Seepferdchenmann heben die Hand. „Wer ist für links?" Sima und Lea heben die Hand. „Du musst eine Entscheidung treffen", sagt Tenoch. „Das ist schwierig", meint Lea. „Nur, wenn du darüber nachdenkst." Lea atmet einmal tief durch: „Okay. Wir nehmen den Linken." Es gibt keinen Aufzug, aber vier Treppenhäuser. „Für jeden eins", sagt Sima. Sie machen sich an den Aufstieg. Die Treppenstufen sind hoch, höher als gewöhnlich. Jeder Schritt verlangt Anstrengung ab. Lea erreicht den ersten Stock. Es gibt keine Tür. Auf den nachfolgenden elf Etagen dasselbe. Als Lea im dreizehnten Stock ankommt, schmerzen ihre Beine und ihre Lunge. Hier gibt es eine Tür und sie steht weit offen. Lea betritt einen quadratischen Raum. Vor ihr befindet sich ein Gang umsäumt von hohen Bücherregalen. Auf der anderen Seite des Ganges erblickt Lea eine zweite Tür, ebenfalls geöffnet. Die Tür hinter ihr fällt ins Schloss. Lea sieht, wie sich auch die Tür vor ihr schließt und Tenoch dahinter verschwindet. Zwei weitere Türen rechts und links schließen sich geräuschvoll. Lea hört ein Pochen und die gedämpften Rufe von Tenoch, Sima und dem Seepferdchenmann. Sie läuft den Gang hinunter, von dem weitere Gänge abgehen. Wie soll sie das richtige Buch in dieser Masse von Büchern finden? Sie ist allein und weiß noch nicht einmal, wonach sie sucht. Lea spürt ein Gefühl der Panik in sich aufsteigen. Und dann ist er da, ihr Kollege von der Bildbearbeitung. Er kniet auf allen Vieren in der Mitte des Raumes. Auf seinem Rücken liegt ein dicker Wälzer. Lea geht auf ihn zu: „Erik?" Seine Miene wirkt todernst und irgendwie feierlich: „Wuff!" Lea wirft einen Blick auf das

Buch auf seinem Rücken: *Die Illustrierte Geschichte von ALLEM*. Was sonst. Auf der Seite, die sie aufschlägt, befindet sich eine Zeichnung. Es ist der Mann im Kreis, die anatomische Studie Leonardo da Vincis. Doch etwas an dem Bild ist anders. Das Gesicht ist das Gesicht ihres Ex-Freundes. „Hallo Lea", hört sie eine bekannte Stimme hinter sich sagen, „das ist das Buch, das du suchst, nicht wahr?" Er kommt ihr so nahe, dass sie seinen Atem im Nacken spüren kann. Lea dreht sich um. Immer noch der Hipsterschnurrbart, immer noch die umfassende Selbstsicherheit. Ihr Ex hat sich nicht verändert. „Ich weiß nicht", sagt sie. „Du weißt nicht? Du hast hier *Die Geschichte von ALLEM*, pardon, *Die Illustrierte Geschichte von ALLEM*, die *IGA*, vor dir liegen, und du weißt nicht?" „Ich verstehe einfach nicht, was daran so toll sein soll." „Du verstehst nicht … Ja, du verstehst nicht … Okay, ich werde es dir erklären. Dieses Buch …", er zeigt mit zwei Fingern auf das Buch auf Eriks Rücken, „dieses Buch enthält alles, was die Menschheit jemals gedacht hat. Alles, was gewusst werden kann. Es enthält die Essenz dessen, was bedeutungsvoll ist. Es enthält die objektive Wahrheit." Die objektive Wahrheit, dass du das Zentrum des Universums bist, denkt Lea. „Aber das ist nicht meine Wahrheit", sagt Lea. „Meine Wahrheit ist meine Wahrheit und meine Wahrheit will auch nichts anderes sein", die Worte erscheinen ihr ungeschickt, wie Kinderworte, aber Lea weiß, dass sie stimmen. Und sie werden schnell größer und erwachsen: „Wozu soll ich ALLES wissen? Um die Welt zu beherrschen? Ich will die Welt nicht beherrschen. Mein Leben reicht mir völlig. Und, um es nochmal deutlich zu sagen, du und dein Buch haben keinen Platz darin." Die Nasenflügel über dem Schnurrbart blähen sich. So ohne weiteres gibt er nicht auf: „Und wo ist dann dein Buch? Existiert es überhaupt? Hat es schon einmal jemand gelesen? Hm?" „Ich denke, irgendwo hier wird es sein." Lea geht ein Regal entlang und fährt dabei mit den Fingern über die Buchrücken. An einer Stelle bleibt sie hängen. Ein kleines Buch im Querformat mit einem roten Leineneinband ragt aus der Reihe heraus. Lea nimmt das Buch in die Hand und blättert darin. Was sie vor sich sieht, sind ihre Fotografien. Der Ex schaut ihr über die Schulter. Erik macht neben ihm Männchen: „Das, das soll es sein? Willst du dich wirklich lächerlich machen?", bellt er. Der Ex verpasst ihm einen Tritt, nimmt Lea am Arm und dreht sie zu sich. Er legt ihr sanft die auf Hand die Wange und schaut ihr tief in die Augen. Musik geht an, er beginnt zu singen: *When you were young and your heart was an open book. You used to say, live and let live.* (Erik im Hintergrund: *You know, you did. You know, you did. You know, you did.*) *But when this ever changing world in which we live in makes you give in and cry ...* Dann meint er, fast zärtlich: „Und nun erklär mit bitte, was an diesem kleinen Büchlein BESONDERS sein soll." Lea schaut ihn an und sagt: „Es ist schön. Es macht mich glücklich." Ein klackendes und quietschendes Geräusch – die Türen – und ein dreistimmiger Chorus: *Say, live and let die.*

AKT III

U-BAHN

Lea schaut ihren Ex und den Kollegen Erik an. Die beiden schwitzen irgendwie merkwürdig. Sie haben plötzlich eine dicke Schweißschicht auf der Stirn. Als der Ex sich den Schweiß wegwischen will, verschmiert sein Gesicht. An Eriks Kinn fängt es an zu tropfen. „Wir lösen uns auf", bemerkt er überrascht. Die beiden Männer schmelzen vor Leas Augen, schneller als Schneemänner in der Sonne. Als Sima, Tenoch und der Seepferdchenmann sie erreicht haben, sind sie nur noch zwei Pfützen auf dem Boden. „Irgendwie riecht es hier nach Entwicklerflüssigkeit, oder?", meint Tenoch. Lea umarmt Sima. Sie ist froh, dass es vorbei ist. „Lass uns nach Hause fahren", sagt Sima. „U-Bahn", meint Tenoch. Als sie am Gleis stehen, kommt eine Gruppe Männer in schwarzen Jacken auf sie zu. Sie schneiden ihnen jeden Fluchtweg ab. Die Mienen der Männer sind finster, die Muskeln ihrer Gorillaarme angespannt. Zwischen den Armen tauchen die beiden Furien auf, zusammen mit einem bärtigen Alten in schwarzer Robe. Die eine

Furie zeigt auf Sima, die andere kreischt: „Richter, verhaften sie diese Maskenträgerin, sie hat unseren Horatio entführt." Lea stellt sich vor Sima. Aber Sima schiebt sie zur Seite und tritt nach vorn. Sie nimmt ihre Maske ab. Ihr hübsches Gesicht kommt zum Vorschein. Lea hat dieses Gesicht vermisst. „Wo ist der Mops?", fragt der Bärtige streng. „Ich habe ihn befreit", sagt Sima. „Den Tod hat sie verdient, die Diebin", keift die andere Furie. „Mit welchem Recht haben Sie das getan?", fragt der Richter, „der Mops gehört Ihnen nicht." Der Seepferdchenmann tritt nach vorne und Lea ist überrascht, als er mit lauter und fester Stimme erklärt: „Eigentum dieser beiden Frauen ist er auch nicht. Sie haben ihn unrechtmäßig erworben. Die Spezies steht unter Artenschutz. Der Kauf war illegal. Und dann haben sie ihn auch noch in eine Schlangenledertasche gesteckt. Goldmöpse haben Angst vor Schlangen. Das war Tierquälerei." Der bärtige Richter wendet sich an die Furien: „Ein Goldmops? Wir reden hier von einem Goldmops?" Die Furien werden blass. Der Richter fährt fort: „Diese Tiere sind nicht nur vom Aussterben bedroht, sie dürfen auch nicht gegen ihren eigenen Willen gehalten werden. Wissen Sie, was auf den illegalen Besitz eines Goldmopses steht?" Die Männer mit den finsteren Mienen gruppieren sich um die Furien. Der Richter sagt: „Haben Sie etwas zu Ihrer Verteidigung vorzubringen? Nein? Dann vollständige Enteignung - zum Ersten, zum Zweiten und zum Dritten." Die Furie mit der tiefen Stimme sinkt in sich zusammen: „Gnade, Gnade, hoher Richter!" Ihre Schwester mit der hohen Stimme ruft: „Alles, alles, nur das nicht!" Der Richter macht eine Bewegung mit dem Kopf und die Männer in den schwarzen Jacken ergreifen die beiden. Dann wendet er sich an Sima: „Wo ist das Tier jetzt?" „Vermutlich hat es mittlerweile das offene Meer erreicht." Der Richter blickt sie unter zusammengezogenen Augenbrauen an: „Junge Dame, Sie haben da ein gutes Werk getan und der Allgemeinheit einen großen Dienst erwiesen." Er macht einen Schritt auf sie zu, lächelnd: „Ich möchte Ihnen die Ehrenmedaille des Stadtteil Uruguays verleihen: das kleine Seepferdchen." Er reicht ihr einen Aufnäher mit einem orangefarbenen Hippocampus. Sima schaut hinüber zum Seepferdchenmann. Der lächelt. Lea bemerkt, dass er kein Kostüm mehr trägt, sondern Bermudashorts, Flip Flops und ein T-Shirt mit Tigermotiv, genau wie Tenoch. „Sag mal, wie heißt du eigentlich?", fragt Lea. „Sebastian, aber du kannst mich Sebi nennen."

STRANDBAR

Zu Ehren der Goldmopsretterin Sima hat der Richter an einer Strandbar am Fluss ein Fest organisiert. Es gibt Live-Musik, alkoholfreie Cocktails und ein Sushi-Büffet. Am Strand brennt ein großes Lagerfeuer. Sima und Sebi halten lange Stäbe in die Flammen und rösten Marshmallows. Lea und Tenoch sitzen etwas abseits, am Ufer. Tenoch meint: „Ich bin froh, dass wir uns getroffen haben." Lea sagt: „Das ging alles sehr schnell. Ich weiß eigentlich gar nichts über dich." Tenoch sagt: „Die Formalitäten holen wir einfach nach." Tenoch reicht Lea die Hand: „Hallo, ich bin Tenoch Juan Garcia Gómez. Ich komme aus Zehlendorf, habe eine ältere Schwester und mag Hunde, Tiger, Tango und Zen-Meditation. Was magst du?" „Warte mal. Zen-Meditation? Vielleicht kannst du mir eine Sache erklären, die ich nicht verstehe. Die drei Affen – Mizaru, Kikazaru, Iwazaru – für was stehen die?" „Was nicht dem Gesetz der Schönheit entspricht, darauf schaue nicht; was nicht dem Gesetz der Schönheit entspricht, darauf höre nicht; was nicht dem Gesetz der Schönheit entspricht, davon rede nicht." „Es bedeutet also, übersehe das Hässliche? Ist das denn sinnvoll?", fragt Lea. „Es ist die Frage, worauf man sich konzentriert", meint Tenoch, „das Hässliche oder das Schöne, das Schlechte oder das Gute." „Oder vielleicht das Gute im Schlechten?" „Genau. Es gibt immer etwas zu lernen, oder?" „Mmh", meint Lea und schaut ins Wasser. Aus der Tiefe sieht sie ein Affengesicht auf sich zukommen. Nein, Moment mal, das ist kein Affe … Das ist der Goldmops. Horatios Kopf taucht vor ihr auf. Der Mops lächelt. „Du hast keine Piranhazähne mehr", bemerkt Lea. „Wir dachten, du bist schon über alle Berge … metaphorisch gesprochen." Der Goldmops steigt aus dem Wasser und schüttelt sich. Tenoch und Lea werden nass. Lea streckt die Hand aus und streichelt Horatio hinterm Ohr. Der Mops hält den Kopf schief und genießt es. Sima und Sebi kommen herüber. Sima krault den den Mops hinter dem anderen Ohr. Der Richter eilt herbei: „Der Goldmops ist zurückgekehrt? Freiwillig? Umso besser! Das bedeutet großes Glück für die Gemeinschaft. Ich werde gleich allen davon berichten." Schon ist er wieder weg. „Haben wir noch Sushi da?", fragt Lea. Tenoch wirft Horatio eine Rolle zu. Der kaut zufrieden.

GALATEA

„Türen schließen, bitte Vorsicht bei der Abfahrt." Lea, Sima, Sebi und Tenoch sind in Uruguay in die Ringbahn ein- und direkt auf der anderen Seite Sonnenallee ausgestiegen. Horatio ist auch mit dabei, sieht jetzt aber aus wie ein ganz normaler Mops. Ist er natürlich nicht, was jedoch nur Lea und ihre Freunde wissen. Zu fünft laufen sie die lange Straße (den langen Sonnenstrahl) hoch, bis zur Hobrecht, dann rechts und links in die Lenau. An der Hausnummer 5 machen sie Halt. Es ist der 27. Juni. Wie die Zeit vergangen ist in Uruguay! Die Weinbar ist schon gut gefüllt. Sie gehen rein und begrüßen David, den Besitzer. Das mit der Beleuchtung haben er und sein Kollege wirklich toll hinbekommen. An den Wänden hängen Leas Fotografien neben anderen Arbeiten. Die Leute stehen davor, schauen oder unterhalten sich angeregt. „Schwarz-Weiß-Fotografien und Rotwein scheinen eine ganz gute Kombination zu sein", meint Tenoch. Später wird es noch Live-Musik geben und am Wochenende auch Lesungen. David kommt mit einer Flasche Tempranillo zurück: „Für die Künstler." Lea, Sima, Sebi und Tenoch halten ihre Gläser hoch. „Auf Bilder und Bücher", sagt Sima. „Auf Paul McCartney und das einzige gute Lied, das er ohne die Hilfe von John Lennon geschrieben hat", sagt Sebi. „Auf Horatio", sagt Lea. Alle schauen hinunter auf den Mops. Der kaut auf einem Stück Chorizo. Nicht ganz so gut wie Sushi, aber auch ganz lecker wie es scheint. „Auf Uruguay", sagt Tenoch. Sie stoßen an. *Es klingt so wild und dunkel, ja, es klingt nach Zauberei, drei U auf engstem Raum, ich denke oft an Uruguay.*

Die Hördateien für „Es klingt so wild und dunkel"

http://bit.ly/wildunddunkel

Angela M.D. Otto

Horatio, der Goldmops

Angela M.D. Otto

35 × 50 cm, Linolschnitt, Buchdruckfarbe Gold
auf 220g/qm und 300g/qm Karton sowie auf Tapete

Berlin 2014

Die erste Druckauflage (nummeriert, signiert und datiert) des Goldmopses umfasst 19 Exemplare: 10 auf schwarzem, 3 auf rotem, 3 auf petrol-farbenem Karton und 3 auf Tapete. (Mehr unter www.hoploid.com)

5 Masken

Angela M.D. Otto

Gipsbinden, Plastik, Nudeln, Muscheln, Pappmaché, Acryl- und Sprühfarbe

Berlin 2014

Zu jeder Maske ist eine umfangreiche Serie an Fotografien entstanden.

Masken: Fotografische Umsetzung

Angela M.D. Otto
Digitale Fotografie
Berlin 2014

Zu jeder Maske ist eine umfangreiche Serie an Fotografien entstanden. (Mehr unter www.hoploid.com)

Schieß' auf die Kunst

Thanassis Kalaitzis

Donnerstag - Freitag

++ am Nachmittag ++

Fr. Melloway sagte, sie würde die Kinder selber holen. Aus dem Kindergarten. Mit dem weißen Mini. Hr. Melloway war am Morgen mit dem brandneuen Chevrolet nach Wiesbaden zu einem Manager-Retreat gefahren – sie hatte also die Hoheit über den Haushalt bis zum Ende vom Wochenende.
J'nna Melloway tat sich auch nach acht Jahren Ehe noch immer schwer mit diesen freien Wochenenden. Mia und Max, fünf und sieben Jahre, hatte sie eben zu ihrer Mutter gebracht, die Düsseldorf alljährlich für den Sommer in Berlin verließ. J'nna tauschte selten mehr als ein höfliches Wort der Begrüßung mit ihr aus, die Kinder waren das einzige Zugeständnis an ihre fürchterliche Mutter. Im Gegenzug hielt Maya Braburg zur Aue ihre Tochter aus ihrem Leben fern – weil J'nna jene Künstlerin geworden war, die Mama gerne selber geworden wäre. Die Geburt J'nnas, ungeplant und ungewollt, hatte diesen Traum sterben lassen. Maya Braburg tröstete sich deshalb mit ihrem beachtlichen Vermögen. J'nna hatte sich diesem Geld schon sehr früh grundsätzlich verweigert, denn sie würde niemals ihrer Mutter Anlass bieten, sich finanzerpresserisch in ihr Leben einmischen zu können. Die beiden Enkel waren das Einzige, was sie bekam - auf J'nnas Seite ein Machtmittel gegenüber der Matriarchin, die ihr Geld und ihre adlige Herkunft vor sich hertrug, wie eine Arbeitslose eine Gucci-Tasche. So ist das mit Maya Braburg zur Aue, ihrer Mutter.
J'nna brauchte das Geld ihrer Mutter schon lange nicht mehr. Männa Melloway verdiente, weiß Gott, jede Menge – und ihre Kunst verkaufte sich immer noch. Es reichte jedenfalls, um die Extras ihres Lebens zu bezahlen. Es gab diese Tage, da sie es bedauerte, nicht in der Nationalgalerie bei der „Art Review Germany" dabei zu sein oder bei „The Germans. Now!" in der Tate Modern. Zuletzt hatte sie bei der Cultural Olympiad in London ausgestellt. Doch sie war nun

mal keine Isa Genzken, auch keine Rosemarie Trockel oder Rebecca Horn. ABER – und es gab genügend Momente, da bedauerte sie dieses ABER – aber sie hatte sich um zwei Kinder zu kümmern und für die große Kunst brauchte sie einfach mehr Zeit, als ihr der Alltag mit Familie und Kindern zugestand. London war jetzt auch schon wieder ein paar Jahre her. Es wurde höchste Zeit, dass sie aus dieser Mutterpause herauskam. Es war Zeit, dass sie weiterging mit ihrer Kunst, mit ihrem Leben. Sonst wäre der Zug irgendwann abgefahren und ihre Mutter würde für immer recht behalten: dass sie nicht das Zeug und die Größe für eine echte Künstlerin besäße. Das würde sie verhindern. Heute würde sie damit beginnen.

An ihrem heutigen freien Donnerstag stand deshalb erst der Friseur und ihr Lieblingskünstlerbedarf auf dem Programm. Vielleicht würde sie dann noch den Flohmarkt besuchen. Eine Idee für ein neues Werk hatte sich in den letzten Wochen zusammengebraut. Etwas Großformatiges – das wagte sie selten. Etwas Herausforderndes. Etwas, das die Radikalität der Bourgeois, die Unverrückbarkeit eines Koenig, die schneidende Ästhetik von Eliasson mit dem Witz Flavins vereinen würde. Ihr kleines gewöhnliches Leben sollte als Installation sichtbar werden, ein Leben, um das sie ja von vielen beneidet wurde und das scheinbar nach außen leuchtete. J'nna stellte sich ein Objekt vor, das, ähnlich wie ihr eigenes Leben, von Bewunderung und Neid seiner Besucher und Betrachter angetrieben wurde. Eine begehbare tiefschwarze kleine Maschine, die Licht aus Dunkel spann und die umgeben war von Figuren mit leuchtenden Augen, die in sich zusammenfielen, wenn sie nicht genügend Licht von der Maschine bekamen, denn sie lebten und ernährten sich von deren Licht. Es würde Blitze und Blackouts geben und Geräusche des Unmutes und Aufforderungen, einschließlich des Gebrauches von Schusswaffen, zu verschwinden, weil jeder, der die Installation betrat, ihr das Licht stehlen würde – jeder, der ihr zu nahe kam, würde der Maschine das Licht rauben. Es würde eine Pistole geben – eine, die zur Warnung tatsächlich Schüsse abfeuerte. Nur absolute Stille und genügende Distanz würde die volle Beleuchtung der

Maschine wiederherstellen und damit J'nnas Lebenslicht scheinen lassen. Und die Schusswaffe, die sie einbauen würde, hing im Sicherheitsschrank vom Männa: eine BHP mit Rosenholzgriff.
J'nna verließ mit einem leisen Lächeln auf den Lippen das Haus.

++ am frühen Abend ++

„Hey J'nna. Auf unserer letzten Vernissage hat dich jemand erwähnt und da musste ich unwillkürlich an unsere Zeit denken. Und dann dachte ich, warum nicht J'nna Braburg zur Aue, ach entschuldige – Melloway – einladen oder ausstellen. Und dann dachte ich, du hast dich fünf Jahre nicht mehr gemeldet. Und dann dachte ich, scheiß drauf, ich ruf sie jetzt an. So. Jetzt rufe ich an. Also, willst du nicht bei uns ausstellen? Du hast die ganze Galerie für dich, ich dachte einfach, du hast es eigentlich auch mal verdient. Zu zeigen. Und wir verkaufen immer was. 3-5 Werke meist schon auf der Vernissage. Bei einer Laufzeit von 3 Monaten meist sogar bis zu 50%. Und wir machen immer... also... äh ... Hast du Lust? Ruf mich an. Noch die gleiche Nummer wie damals. Dann erstmal Ciao."
Die Mailboxnachricht von Marlow Rose von Burland & Rose verstörte J'nna. Sie hatte seine Stimme sofort erkannt. Sie ging zum Spiegel, schaute auf ihre neue Frisur und legte sich wie automatisch die Haare zurecht. Der desorientierte Schritt vom Spiegel weg schickte eine aus der Einkaufstasche herausgerollte Dose mit Farbe auf eine spiralenden Tangente durch den Raum.
Sie hatte Marlow Rose im Pratt Institute Brooklyn während ihres Gastsemesters kennengelernt. Er hatte sie mit Hilfe seiner direkt danach eröffneten Berliner Galerie Burland & Rose protegiert zum Preis einer Affäre mit der vielversprechenden, verführerischen Vorzeigekünstlerin J'nna Braburg zur Aue. Sie hatten gemeinsam einen Raum auf der Documenta eingerichtet, sie hatten eigentlich alles gemeinsam gemacht, bis er überraschend ausgestiegen war aus ihrem „Ding". Das war das vorläufige Ende ihrer Karriereleiter. Dann war Rose wieder aufgetaucht, wieder mit Werbung für Ausstellungen

und Ruhm. Dann hatte J'nna geheiratet. Aus purem Trotz. Dann wieder Angebote von Rose und Ausstellungen. Dann kam Max zur Welt, dann war wieder Schluss. Dann fing es wieder an mit Ausstellung, Ruhm und Rose. Dann kam Mia zur Welt. Und dann wollte Männa, dass sie sich endlich entscheide. Für einen von beiden. J'nna hatte Angst bekommen. Damals ging es für sie um ein wechselhaftes, freies Leben mit Kunst oder ein sicheres, kontrolliertes Eheleben ohne Kunst. Sie hatte sich für Männa entschieden. Sollte jetzt alles wieder von vorn beginnen?

J'nna glaubte nicht an Zufälle. Mit einer Entschlossenheit, die sie mehr überraschte als erleichterte, griff sie zum Telefon.

++ wenig später am Abend ++

„Hallo. Hier ist J'nna Melloway. Ich habe eine telefonische ..."
Eine ihr allzu bekannte Männerstimme unterbrach sie. „Hallo J'nna. Ich weiß doch, wer du bist und warum du anrufst. Wie könnte ich deine Stimme je vergessen."
J'nna war so erschrocken, dass sie schwieg. Sie schaute sich im Spiegel in die Augen und legte sich wie automatisch die Haare zurecht.
„Schön, dass du anrufst. Ich nehme an, du möchtest mir zusagen und berichten, dass du genug Werke fertig hast, die unsere 200 Quadratmeter bespielen können und die so überraschend und ungewöhnlich sind, dass wir sie alle verkaufen werden."
J'nnas Unsicherheit nahm exponentiell zu. War das ironisch gemeint?
„J'nna, bist du noch dran?"
„Ja. Ich habe ein paar Werke, würde aber gern noch ein ganz neues fertig machen. Ich fange gerade damit an."
„Oh. Wir wollen mit dir im September einsteigen. Jetzt ist Juni. Ist das realistisch? Wir erwarten einige Clients aus China und den USA im August. Wir könnten einiges loswerden, wenn du dann hier stehst."
J'nna wünschte sich ein anderes Tempo. Rose kam immer schnell auf den Punkt und der Punkt war, so erinnerte sich J'anna jetzt, Geld.

So wie er damals seinen Partner Burland das Geld für die Galerie hatte aufbringen lassen. Von den Werken ihrer ersten Ausstellung hatte sie nur 20 % gesehen. Damals war das viel gewesen. Was würde heute sein Angebot sein?

„J'nna? Bin ich dir zu schnell? Du kennst mich doch. Ich mache keine halben Sachen. Willst du nicht mal vorbeikommen oder vielleicht treffen wir uns im „meisterschüler", er lachte und J'nna gefiel dieses Lachen gar nicht, „oder auf der Terrasse vom Radisson am Alex. Morgen ist Freitag, es soll sonnig werden. Vielleicht auf ein Sektfrühstück. Ich lade dich selbstverständlich ein. 11 Uhr? Dann reden wir auch über unsere Zweigstellen in Toronto, Shanghai und Manaus."

„Also gut Marlow. Morgen 11 Uhr. Ich möchte zurück ins Atelier. Äh, wir sehen uns morgen 11 Uhr. Danke und bis... mh ... morgen. Bis dann. Wir sehen uns. Guten Abend."

J'nna legt fast panisch auf. Am Telefon hätte sie sich niemals für etwas entschieden. September, Shanghai, verkaufen. Gott, sie hatte sich benommen wie eine Anfängerin. Dieser Mann machte sie wahnsinnig. Sie brauchte Zeit zum Nachdenken. Sie brauchte einen Drink. Sie brauchte eine Haltung. Sie hatte eine neue Frisur. Sie ignorierte die Tasche mit den Einkäufen und die herausgerollte Dose mit Farbe.

Red Stag im White Stag – ihr Lieblingscocktail in ihrer Lieblingsbar, das musste jetzt sein.

Mit zurechtgelegtem Gesicht verließ sie die Villa.

++ am Freitagmorgen ++

„Meine Liebe, wo warst du den ganzen Abend? Ich habe versucht, dich zu erreichen."

J'nna wagte darauf nichts zu antworten. Er rief doch sonst nie an, warum gerade an diesem Wochenende, am Freitagmorgen, wo sie sich mit Marlow Rose verabredet hatte. Und es sollte ja nur um die Ausstellung gehen. Um nichts anderes. Nicht um damals.

„Ist irgendwas passiert? Sind die Kinder in Ordnung? Warum sagst du denn nichts? Was ist denn los, meine Liebe?"

Trotzig brach es aus ihr heraus: „Burland & Rose hat sich gemeldet. Ein Ausstellungsangebot. Ich werde annehmen. Ich werde ein neues Objekt machen und ich werde verkaufen."

„Seriously? Du willst zu Burland & Rose gehen? Zu Rose? Zu Marlow Rose? *The* Marlow?"

Ein gespanntes Schweigen breitete sich aus. Männa hatte nie etwas zu der Geschichte mit Marlow Rose gesagt. Nicht als Max auf die Welt kam und nicht als Mia geboren wurde. Darüber wurde eisern geschwiegen.

„Die Kinder sind in Ordnung. Ich musste über das Angebot nachdenken. Ich bin ausgegangen." Wieder Schweigen, dann Trotz: „Ja, ja, ja und yes. I am serious. Natürlich *the* Marlow.

„Und? Fängt dann alles wieder von vorn an? Mit uns, mit den Kindern, mit den Nächten außer Haus?"

„Du verstehst überhaupt nichts", schrie J'nna ins Telefon. „Ich kann doch nicht den Rest meines Lebens mit *deinem* Geld und *deiner* Genehmigung ablaufen lassen wie ein Countdown zum Grab. Ich will mit mir zufrieden sein, ich will auch mal wieder in der ersten Reihe stehen und nicht hinter irgendwem."

„Und das willst du mit Rose schaffen? Der Mann hat doch eine Bannmeile um sein Siegertreppchen gezogen? Der lässt dich doch mit der Polizei abtransportieren, wenn du ihm zu nah an den Erfolg rückst? Und dann lässt er dich fallen – wenn er dein Geld eingestrichen hat. Während du noch deinem Ruhm nachjagst."

„Warum bist du nicht auf meiner Seite? Das ist eine Chance, warum verstehst du das nicht? Warum bist du gegen mich?"

„J'nna, ich verstehe vielleicht nicht alles, aber ich verstehe, dass wir das jetzt so nicht klären werden, let's talk when I'm back. Ja. Versprich mir, nichts voreilig zu entscheiden. Don't do anything silly. Alright Und ruf deine Mutter an, vielleicht hat die …"

„Bist du jetzt völlig durchgedreht. Meine Mutter. Niemals." J'nna sah im Spiegel eine verzogene Fratze. Das war ihr Gesicht. „Ich lege jetzt auf", schaffte sie noch ins Telefon zu sagen, dann schrie sie einmal in die Eingangshalle. Sie trat halbherzig gegen die

Einkaufstüte, die sie immer noch nicht ausgepackt hatte. In zwei Stunden war sie mit Rose verabredet. Bis dahin musste sie wieder strahlend aussehen.

++ wenige Moment später ++

Wieder klingelte es. Nein, Männa!, Nein, nein, nein! Der Anrufbeantworter sprang an. „Jana, bist du da? Geh doch bitte ran. Hier ist dein Vater. Ja, dein Bio ..."
Mit einem Schrei drückte J'nna die grüne Taste. „Papa. Das ist ja unglaublich. Du kannst dir nicht vorstellen, was hier alles gerade los ist. Was bin ich froh, dass du anrufst."
J'nna sprach selten mit ihrem Vater wenn er sie in der Villa erreichte. Sie wollte nicht, dass sie von den fünf- und siebenjährigen Mithörern des Hauses an ihre Mutter verraten werden könnte. Die Kleinen fragten immer wieder nach dem Opa, aber Oma wollte ja nichts mit ihm zu tun haben. Den Kindern tat das gar nicht gut, aber Maya von Braburg zur Aue war da gnadenlos. So gnadenlos war sie auch schon damals gewesen, als sie ihren Mann und J'nnas Vater abgestoßen hatte, wie eine vertrocknete Hautschuppe. J'nna war gerade sieben Jahre alt geworden.
J'nna war ein Ausrutscher gewesen. Maya Braburg zur Aue studierte damals in Berlin Kunstgeschichte. Es war eher eine einzige Party, ermöglicht durch das Vermögen ihrer Düsseldorfer Familie. In der Nacht als die Mauer fiel, fielen auch bei Maya die Schranken und Hüllen und in einem Anfall aus Selbstgerechtigkeit und Großmut verbrachte sie mit Robert aus Erfurt eine Nacht. Aus einer Nacht wurde eine Kurzschlussheirat wegen des Babys und sieben Jahre des Streits. Für die Braburgs war der zehn Jahre jüngere Robert ein mittel- und zukunftsloser Ostler, der wahrscheinlich nur ihr Geld wollte. Er wurde nie ins Mutterhaus eingeladen, bei Berlinbesuchen versteckt und er musste die wenigen gemeinsamen Urlaube mit Maya immer selber bezahlen. Maya war Geld und Luxus gewohnt.
„Ach Papa, wie gern würde ich dich jetzt sehen?" J'nna war den

Tränen nah. „Was ist denn los, meine Taube. Ist was passiert? Was glaubst du, warum ich anrufe. Ich bin in Berlin und wollte dich einladen auf einen schönen Spaziergang durch die Innenstadt. Dann kannst du mir alles erzählen. Hast du Zeit?"
J'nna schluchzte. „Für dich immer und heute ganz besonders. Hier bricht gerade die Welt zusammen."
„Kann ich dich nicht einfach abholen? Kann sich Männa nicht mal um die Kinder kümmern?"
„Ach Papa, ich habe frei dieses Wochenende. Ich erzähl dir alles. Ich muss noch zu einer Verabredung am Alexanderplatz. Ich – wir – 12 Uhr bin ich fertig. Rufe mich Punkt 12 Uhr an, dann breche ich alles ab was noch läuft. Bis gleich."
J'nna schluchzte und grinste. Ihr blieben noch anderthalb Stunden für den Hochglanz.

Samstag

++ morgens ++

Als J'nna am Samstagmorgen aufwachte, zersprang ihr der Kopf. Nach dem unseligen Treffen gestern, mit Rose auf der Dachterrasse des Radisson, hatte sie sich ihrem Vater in die Arme geworfen. Rose hatte ihr ein Knebelangebot gemacht, von dem er glaubte, dass er sie damit bekommen könnte. In einem Anfall von Widerstand hatte sie ihren Anteil am Verkaufserlös hochzudrücken versucht, auf 50% dann auf 40 %. Rose zeigte Dornen. Dazwischen die gebetsmühlenartigen Wiederholungen, dass er sich auf sie verlassen wolle, dass sie genau die Richtige für seine Galerie sei, dass sie das Beste verdiente, dass sich einige potentielle Kunden bereits angemeldeten hatten, dass sie endlich wieder gezeigt werden müsse und dass sie einfach eine großartige Frau und Künstlerin sei, und dazu noch Mutter zweier sehr hübscher Kinder. Das war der Moment gewesen, wo sie ihn und sein Fake-Designer-Flechtmöbel beinahe vom Dach gestoßen hätte. Und dann war sie einfach geflüchtet, mit dem Versprechen, das Wochenende für eine Entscheidung zu brauchen. Und selbst das hatte er ihr nicht zugestehen wollen. J'nna hätte sich nicht gewundert, wenn Rose aus der braunledernen Dunhill-Tasche einen Vertrag gezogen hätte: Zum Unterschreiben: hier und jetzt.

Sie hatte sich ihrem Vater in die Arme geworfen und alles erzählt, dann waren sie über die Fischerinsel gelaufen und hatten sich scheinbar wahllos Wohnungen und Etagen zum Kauf angeschaut – als ob ihr Vater im Lotto gewonnen hatte. J'nna war zwischendurch genervt, hatte aber nicht zu fragen gewagt, warum Wohnungen, Etagen, Ladengeschäfte besucht und gesucht wurden. War Robert durchgeknallt wie seine Ex-Frau Maya Braburg zur Aue? Dann gab es auch noch Champagner. J'nna wusste nicht, wie ihr geschah und warum es geschah. Ihr Vater wollte irgendetwas feiern und J'nna machte schließlich einfach mit. Der Rest des Tages verschwamm zunehmend. Sie erinnerte sich, irgendwann ins Atelier gegangen zu sein mit fünf Flaschen Champagner, die ihr Robert einfach mitgegeben hatte. Sie erinnerte sich an eine wackelige Hand beim Zeichnen. Sie erinnerte sich abwechselnd Stift und Champagner in die Hand genommen zu haben. Dann erste Drahtmodelle. Dann mehr Champagner. Dann mehr Details. Dann war es vier Uhr morgens gewesen, die Vögel hatten schon angefangen zu singen. Dann mehr Champagner. Dann musste sie am Tisch eingeschlafen sein. J'nna lag am Boden vor dem Schreibtischsessel als sie es wagte, trotz der schreienden Kopfschmerzen die Augen zu öffnen. Vor ihren geschwollenen Lidern lag die Browning Hi-Power von Männa mit dem Rosenholzgriff und lauter leere Patronen.

++ Sekunden später ++

Das Telefon. J'nna stöhnte. Die Schmerzen. War das wieder Männa? Es war schlimmer. Es war ihre Mutter.
„J'nna. Das ist nicht wahr. Du wirst diesen Mann nie wieder sehen. Hast du das verstanden? Wann hört das endlich auf mit diesem Unsinn mit

der Kunst? Du hast einen reizenden und reichen Ehemann. Du hast eine Villa. Und du bist eine Mutter. Hör endlich auf, immer nur an dich zu denken. Fang endlich an, an die Kinder und die Familie zu denken. Wann wirst du endlich erwachsen? Männa hat mich angerufen. Ich sage nur eins. Sollte es zu dieser Ausstellung oder zu irgendeiner Störung in deiner Ehe kommen", ihre Stimme senkte sich in eine Mariannengrabentiefe, „dann wirst du vom Geld dieser Familie, dass wir für dich verwalten, keinen einzigen Cent sehen. Ist dir das klar, mein Kind?" Pause. „Triff dich noch einmal mit diesem Rose und du bist allein. Es ist deine Entscheidung. Es ist dein Leben!" Bedeutungsvolle Pause. „Und ruf mich an. Und rede mit deinen Kindern. Die belagern mich hier ganz schön. Du hast gestern nicht Gute Nacht gesagt. Bis später, meine Liebe. Ach, übrigens, dein Vater ist wieder aufgetaucht. Es hat mich nicht interessiert. Wahrscheinlich meldet er sich bei dir. Höre nicht auf ihn."

Endlich war die Tortur vorüber. J'nna fiel es nicht leichter aufzustehen, nach dieser Nachricht. Sie sollte den AB endlich stumm stellen. Wirklich.

Es klingelte wieder. Hatte das Monster etwas vergessen zu erzählen, dass sie sich neue Eierbecher gekauft hatte? J'nna bemerkte die halbtaube Schulter und das eingeschlafene rechte Bein, als sie sich hochmühte.

„J'nna." Ein explodierender Marlow Rose. „Ich bring dich um, wenn du da deine Finger im Spiel hast." Was wollte er denn jetzt von ihr. „Ich habe hier eine verlässliche Information bekommen, dass du eine eigene Ausstellung machen wirst. Ohne uns. Das ist doch nicht dein Ernst?" J'nna hätte jetzt lieber Frühstück für die Kinder gemacht, als erst mit ihrer Mutter und dann auch noch mit Marlow zu streiten. Wovon redete der Mann. *Er* wollte doch eine Ausstellung für *sie* machen? Jetzt *Sie* ohne *ihn*? Wie sollte das denn gehen. „Geh endlich ran, du bist doch zu Hause. Du bist doch immer nur zu Hause. Du Hausfrau! Geh ran oder ich komme vorbei." Wie sehr sich Menschen ähnelten, wenn sie Abscheu empfanden. Besonders in der Stimmmelodie bei Drohungen. Rose war auch unter dem Zwerchfell angekommen. „Ich mache keinen

Spaß. Hörst du mich?" Ein Krachen und die Verbindung brach ab. Er hatte den Hörer aufs Telefon geschmissen. Bakelit? Anachronistisch. Aggressiv. Gefährlich.

++ wenige Minuten später ++

J'nna kämpfte sich trotz Kopfschmerzen, tauber Schulter und tauben Beins in die Küche. Gestern war es ihr doch noch so gut gegangen, wie konnte der Tag heute nur so schlimm anfangen?
Sie schrie geradezu auf, als hinter ihr ein Klopfen ertönte. Sie wusste nicht genau, woher der matt-klare Ton kam. Dann wieder. Es war Glas – oh mein Gott – jemand klopfte an die Scheibe. An welche? J'nna stöhnte. Wer klopfte bitte an die Terrassenscheibe einer gesicherten Villa. Oh Gott, das hieß, jemand war auf dem Grundstück. Das war nicht nur Hausfriedensbruch. Das war beängstigend. Sollte sie die Polizei rufen? Oh! Da waren noch die Patronen von der Browning – Ooh. Ja! Sie hatte im Atelier auf die Materialien geschossen. Damit ihr Werk schon mal markiert war von Gewalt und Gefahr. Holz war gesplittert. Sie war betrunken genug gewesen und hatte, hysterisch heiter, ein ganzes Magazin im Atelier verschossen und dann gleich noch eins. Polizei? Sollte sie wirklich?
Das Telefon klingelte. Es war immer noch viel zu laut. Was war denn hier los? Als sie in das Terrassenzimmer trat, bemerkte sie die dunkle Gestalt vor der Glasscheibe. J'nna bekam Angst. War die Warnanlage nicht eingeschaltet? Dann sprang der Anrufbeantworter an. „J'nna Melloway. Bist du zu Hause. Ich mach dich fertig. Ich verrate alles deinem Ehemann. Mit uns, mit den Kindern. Was du mir weggenommen hast! Du bist doch zu Hause. Wo hast du dich versteckt in deiner sauberen Villa? Ich werde in dein Haus reinkommen, und wenn ich dafür Scheiben einschlagen muss. Du wirst mir aufmachen. Du lässt mich nicht ein weiteres Mal einfach so abblitzen. Wie oft willst du mich noch loswerden? Du glaubst doch nicht wirklich, dass du es einfach so ohne mich schaffen kannst." Er war atemlos. „Du bist doch niemand in der Kunstlandschaft ohne meine Kontakte. Ich sorge dafür,

dass du nie wieder ausstellst und du weißt, dass ich das kann!"

J'nna wurde mulmig. War das etwa Rose vor ihrem Fenster? War der Mann beleidigt, aggressiv oder einfach nur verzweifelt? War er gefährlich?

Sie schlich zurück ins Atelier, dass sie gefühlt „gestern" verlassen hatte, seitdem sie sich unter Mühen hochgekämpft hatte. Vergangen waren aber keine zehn Kopfschmerz- und Anrufbeantworterminuten. Die Kopfschmerzen waren jetzt jedenfalls verflogen und einer gespannten Unruhe gewichen. Sie erblickte den Rosenholzgriff der Browning am Boden, ergriff die Pistole und eilte ins Atelier an den Waffen- und Munitionsschrank von Männa. Sie bestückte das Magazin und lud die Waffe. Nur so zur Sicherheit. Oben war das dumpfe Klopfen der Terrassenscheibe zu hören. Das war Sicherheitsglas. Wenn das Rose vor der Scheibe war, würde er sie nicht einfach einschlagen können.

Als J'nna vorsichtig in das Terrassenzimmer blickte, war da niemand mehr. Dann prallte etwas mit einem singenden Ton an die Scheibe. J'nna schrie auf, als ob sie ins Gesicht geschlagen worden war. Dann tauchte die Gestalt wieder auf. Mit etwas Länglichem in der Hand. Und begann auf die Scheibe einzuschlagen. Buuuhm. Buuuhm. Tiefe Schwingungen fluteten den Raum mit jedem Schlag. J'nna bekam Angst. Dann riss die Scheibe. Buuuhm. Buuuhm. Dann waren so viele Risse in der Scheibe, dass J'nna nicht mehr erkennen konnte, was draußen passierte.

Dann klingelte das Telefon. Die Schläge verstummten.

„Ich hole mir jetzt was mir gehört. Ich bin gleich da – du kannst nur von Glück reden, dass du nicht zu Hause bist. Leb wohl – wir werden uns nie wieder sehen. J'nna Braburg zur Aue. Fuck. You."

J'nna war jetzt verzweifelt. Wo könnte sie sich verstecken? Sollte sie sich verstecken? Vielleicht würde er einfach nur mitnehmen, was er haben wollte und ließ sie dann in Ruhe. Aber was konnte das sein?

Buuuhm. Sie schaute vorsichtig ins Zimmer, die Scheibe begann bereits nachzugeben. Sie schwang mit dem folgenden Buuuhm bereits nach innen. Buuuhm. J'nna stellte sich mit der Waffe auf wie sie es gelernt hatte. Buuuhm. Dann flogen die ersten Bruchstücke in den

Raum. Zwei schwarze, behandschuhte Hände griffen in die Bruchränder der Scheibe und zwängten sich durch. J'nna war jetzt entschlossen. Sie drückte ab.
Die rechte obere Ecke des Terrassenfensters riss ein. Sie hatte daneben geschossen. J'nna drückte wieder ab. Diesmal riss die rechte Mitte der Scheibe ein. Die Waffe hatte einen Rechtsdrall. Wieder daneben. J'nna schwankte vor Wut und Angst. Dann drückte sie die Augen zusammen und den Abzug durch, ein Schuss nach dem anderen. Als der Abzug leer klickte, war die Scheibe eingestürzt – und der schwarze Mann verschwunden. Sie schaute vorsichtig auf die Terrasse – da war niemand. Sie sah kein Blut. Gott sei Dank, dann hatte sie wohl niemanden angeschossen. Sie sollte mit Männa zu seinen Schießübungen gehen. Dann wäre das alles anders gelaufen. Sie klinkte sich aus. Irgendwann hörte sie die Sirenen. Das Blaulicht nahm sie gar nicht wahr. Auch nicht, dass die Polizistin sehr vorsichtig mit ihr redete und sie ins blaugraue Auto bugsierte.

++ in den folgenden Stunden ++

J'nna erinnerte sich dunkel, dass sie einen Anruf machen durfte. Das Knallen der Pistole wollte nicht aufhören, wie ein Querschläger zwischen rechtem und linkem Ohr hin und her zu jagen in ihrem Schädel. Hatte sie es wieder geschafft, mit Marlow Rose eine Karrierestufe nicht zu gehen? War sie jetzt völlig verrückt geworden? Würde sich Männa von ihr scheiden lassen? Being Top Brass and all that. In order to be successful, one must project an image of success?
Robert wurde am Nachmittag mit ihr ins Gericht gelassen – die Frage ob sie in U-Haft bleiben sollte, wurde mit den achttausend Euro Kaution, die ihr Vater bezahlte, beantwortet. Dann fuhren sie in die Stadt. J'nna wurde schlecht von den vielen glücklichen, tollen, heiteren Menschen. Robert fuhr sie hinaus in den Süden, an die Havel. In der Ferne konnte man den Einsteinturm sehen. Direkt daneben, berichtete ihr Vater, sei das Helmholtz-Zentrum, er würde dort am Montag vorsprechen und von einer neuen patentierten Technologie

berichten, die in den beschreibenden Wissenschaften einschlagen würde wie eine Bombe. J'nna reagierte nicht wirklich. Ihr war eher danach, in die Havel zu steigen und sich treiben zu lassen, bis sie keine Kraft mehr hätte zu schwimmen.

Als sie wieder zu Hause ankamen, war es dunkel. Ihr Vater brachte sie ins Bett, als ob sie wieder die kleine Prinzessin Jana war, die er vor fast dreißig Jahren verlassen hatte.

Sonntag

++ morgens ++

Als J'nna am Sonntagmorgen aufwachte, roch es nach Kaffee und einem mediterranen Frühstück mit Tomaten, Ziegenkäse und Eiern.
Nach dem Duschen setzte sie sich zu ihrem Vater in die Küche, der die Nacht in der Villa verbracht hatte. „Ich konnte dich doch mit der kaputten Scheibe nicht allein im Haus lassen", sagte er. „Die Handwerker kommen gleich." Dann erzählte er, was er gestern noch alles für die Wiederherstellung ihres Heims organisiert hatte. J'nna war irgendwann wieder wach genug um ihn zu fragen, wie es jetzt wohl weitergehen würde. Sie hatte Angst vor ihrem Mann, vor ihrer Mutter, vor Marlow Rose, vor sich selber.

++ nach einer kurzen Pause ++

„Was willst du bei dem Helmutinstitut machen?" J'nna versuchte, eine unverfängliche Konversation zu beginnen.
„Es ist das Helmholtz-Zentrum, meine Taube", lachte ihr Vater, „und das Geoforschungsinstitut gleich nebenan." Mit verschämtem Stolz rückte er sich auf seinem Stuhl zurecht. „Iss doch mal was. Ich erzähl dir, worum es geht."
Ihr Vater berichtete von einem Patent, von High-Tech-Instrumenten, von Simulationstechnologie und von künstlicher Intelligenz. J'nna

verstand nichts. „Jedenfalls kann ich das Patent sogar auf Consumer-Technologie runterbauen und dann gibt es auch für dein Heim völlig neue Kommunikationsgeräte, mit denen du per Hologramm interagieren kannst." Er setzte sich auf und blickte träumend an die Decke. „Man hat mir ein Forschungsprojekt angeboten, um das Patent marktreif zu machen. Das könnte in ein bis zwei Jahren schon in Serie gehen. Dann verdiene ich an jedem Gerät, das weltweit gebaut wird meinen Anteil. Ich würde mal sagen, das ist der Jackpot. Wir sind reich, meine Prinzessin!" Er strahlte. „Ich kauf deiner Mutter den Adelstitel ab, wenn ich will. Schau. Ich habe den Prototyp mitgebracht." Robert stellte ein playstationgroßes Gerät auf den Tisch und drückte einen Knopf. Was dann in ihrem Wohnzimmer passierte, ließ J'nna vor Schreck den Frühstücksteller vom Tisch stoßen. Sie befand sich plötzlich an einem Strand mit Wellen bis zum Horizont, die Scherben des Tellers und ihr Frühstück war nicht mehr zu sehen. Die Wellen brandeten lautlos an den Tisch heran.

„Papa. Das ist ja großartig. Das ist... das ist...", J'nna fehlten die Worte. Sie warf sich ihrem Vater an die Brust.

„Das kannst du verkaufen? Meine Güte, wie großartig, das ist ja Science Fiction. Das ist die Zukunft, Papa. Das wird die Welt verändern. Das ist ein Traum. Was werden die Menschen dann wohl träumen? Werden sie denn dann noch träumen? Was... wie... und... ?" J'nna fehlten vor Ergriffenheit die Worte.

Es klingelte an der Tür. J'nna zuckte zusammen. Die Polizei? Der Vater schaltete schnell das Gerät aus und das Meer zog sich wie eine Fata Morgana in jenes Nichts zurück aus dem es erschienen war. Es waren die Handwerker. Der Vater verhandelte mit ihnen – es ging um zwei Stunden Arbeit am Fenster und um eine Rechnung in vierstelliger Höhe. Robert gab seine Adresse für die Rechnung an. „Damit musst du dich jetzt wirklich nicht beschäftigen. Wenn die Familie wieder da ist, muss hier alles blitzen. Die Hausreinigung kommt 15 Uhr. Ist alles schon verhandelt."

J'nna begann zu schluchzen. „Jetzt erzähl erstmal, was hier passiert ist." Sie zogen sich ins Atelier zurück, wo J'nna erzählte, was am Wocheende alles passiert war: Männas Urlaub, die Kinder, die Kunst, der Köder, der Kater, die Knarre, die Katastrophe. Und alles wegen der Kunst.

„Siehst du, ich wusste es doch. Deshalb wollte ich mit dir in Mitte was Schönes finden, damit du endlich deine eigene Galerie aufmachen kannst. So eine Galerie kostet mich ein Taschengeld und du wirst wahrscheinlich mit deiner Kunst noch nicht einmal Verlust machen. Da bin ich mir sicher. Und mit meinem Gerät hier eröffnen wir mit einem Megabaddaboom. Das wird alle in den Schock jagen und du wirst durch die Kontinente gereicht." Robert freute sich wie ein Schuljunge, dem ein Direktorenstreich den Respekt der gesamten Schülerinnenschaft eingebracht hatte. „Es wird global lokal und galaktisch gleichzeitig." Er drückte seine Tochter lachend. J'nna brach wieder in Tränen aus.

„Dann warst du das mit der Galerie und der Ausstellung bei Marlow Rose? Das hat ihn so fertig gemacht?"

„Ja und nein. Ich habe mich mittels eines Kulturagenten als Käufer und Interessent wichtig gemacht. Er war sehr aggressiv. Warum er dich so terrorisiert hat, kann ich allerdings nicht sagen. Was wollte er denn?"

J'nna erschrak. Die Anrufe auf dem AB mussten vernichtet werden. Wenn irgendjemand ihr Geheimnis erfuhr – was würde dann aus ihrer Familie, aus den Kindern, aus ihr werden? Sie schwieg. Zitternd. Ihr Vater wartete geduldig auf eine Antwort – die er nicht bekam.

„Na, das bleibt dann wohl dein Geheimnis. Ich mische mich da nicht ein. Ich will nur, dass du endlich den Erfolg hast, den du verdienst, meine Kleine." Er lächelte sie mit geneigtem Kopf an.

„Und wie soll das neue Werk nun aussehen? Erzähl doch mal! Ich könnte mir vorstellen, dass meine kleine Erfindung dir dabei helfen wird."

Als die beiden gegen 18 Uhr zum Abholen der Kinder nach Charlottenburg zu Maya Braburg zur Aue fuhren, war J'nna immer noch nicht ganz bei sich. Als sie erst Max, dann Mia in die Arme nahm, war sie glücklich und traurig zugleich. Sie trank mehr oder weniger schweigend mit der Mutter Tee. Robert war gar nicht erst mit hereingekommen, obwohl er die Enkel, die ihn nur von wenigen Besuchen kannten, gern gesehen hätte. Maya und J'nna nahmen ein Abendessen zu sich und verbrachten die Zeit wortlos bis zur Ankunft von Männa Melloway. Die Kinder waren bereits eingeschlafen, als er schließlich nach Sonnenuntergang eintraf.

++ ein Jahr später ++

Fr. Melloway sagte sie würde die Kinder selber holen. Aus der Schule. Mit dem weißen Citroen DS21 Pallas Cabriolet. Hr. Melloway war bereits für das Wochenende in Monaco abgereist. Sie würden sich drei Tage später in Alexandria für J'nnas jüngste Ausstellungseröffnung wiedersehen und dann einen Boots-Trip über das Mittelmeer machen, um anschließend mit dem Wagen von Triest zurück nach Berlin zu reisen.
Ihr erster kleiner gemeinsamer Urlaub nach dem Jahr der Jahre. Max und Mia, sechs und acht Jahre würde sie zu Marlow Rose und seiner neuen Frau bringen. Es war ein mühseliger Prozess für alle gewesen, Mia und Max mochten ihren zweiten, ersten Vater aber gern und liebten es, von den vielen Künstlern, die bei Rose ein- und ausgingen, wie kleine Kunstwerke bewundert zu werden.
Männa hatte sich wieder gefangen. Er hatte J'nna jetzt wieder ganz für sich allein und lebte nicht mehr in ständiger Sorge, dass sie ihm ausbüchsen würde, für die Kunst und wegen der Kunst. Das war endlich alles geklärt.
Geholfen hatte nicht nur die Galerie, ihre eigene, in der sie zeigen konnte, was sie wollte und die sie mit dem Geld ihres Vaters unbekümmert und ungezwungen führen konnte. Vielleicht noch ein Jahr hing sie an diesem Tropf – mit der Zweigstelle in Paris würde sie auch davon unabhängig werden.
Geholfen hatten auch die unzähligen Sitzungen bei diversen Therapeuten mit Männa und auch mit Rose bis sie das Modell, in dem sie jetzt als Doppelfamilie lebten, eingesetzt und zum Laufen gebracht hatten.
Die Tränen, das Geschrei, die verängstigten Kinder, zerschlagene Gegenstände und das neue Schloss am Waffenschrank gerieten

zunehmend bei allen in Vergessenheit. Verblassten – oder entlichteten – so wie die Kreationen des Holomatons ihres Vaters, wenn es ausgeschaltet wurde. Disenlightened sagten die Engländer inzwischen dazu, wenn der simulierte Traum verflog, wie ein Hochnebel an einem sonnigen Frühlingstag im März.

J'nna würde nie wieder eine Waffe in die Hand nehmen, weder zur Selbstverteidigung noch für ihre Kunst – das hatte sie in den unzähligen Interviews nach ihrer ersten Ausstellung wieder und wieder gesagt. Das Gerichtsverfahren wegen Schusswaffengebrauchs und Gefährdung der Öffentlichkeit war gegen ein erhöhtes Bußgeld und einen mehrtägigen Tagessatz soziale Arbeit eingestellt worden.

Und dann war da noch das Holomaton. J'nna hatte es als erste für ihre Ausstellung verwenden dürfen, niemand hatte erfahren, wie es funktionierte, dass es überhaupt eingesetzt worden war und wie viel der Installation es simulierte. Vor J'nnas Galerie hatten sich schon in der ersten Woche Schlangen gebildet, weil Berlin und seine Besucher Teil des Traumes sein wollten, der vor ihren Augen aufleuchtete, sich verdunkelte und allen – trotz der verpflichtenden Ohrschützer – immer wieder einen Schrecken einjagte. Alle waren beeindruckt. Bis auf jenen einen Besucher. Der hatte mit verärgertem Gesicht die Galerie verlassen und mit den Worten:

„Scheiß auf die Kunst!"

Die Hördateien für „Schieß' auf die Kunst"

http://tinyurl.com/KunstundKnarren

Rashid Salman

Der Retter der Nacht

Rashid Salman, O Salvador da noite,
78 x 53,5 cm, Acryl auf Leinwand, Mischtechnik,
Berlin 2014

Abendrot

Jörg Olvermann

Los Angeles

„Trinken Sie das noch?", fragte eine kleine Frau mit gelben Gummihandschuhen. Alan erschrak und reichte der Kellnerin wortlos den zerknautschten Kaffeebecher.
Seit einer Stunde saß er nun schon bei Starbucks an der Prospect Avenue, starrte auf den Car Wash gegenüber und kreiste in Gedanken um die alte Scheiße, diesen Scheißsdrecksmist, diesen Supermistdrecksscheißdreck. Erst als er das Wort Dreck durch seine Ohren in die Wahrnehmung zurückkehren hörte, bemerkte er, dass er Supermistdrecksscheißdreck laut ausgesprochen hatte. Doch keinen der wenigen Gäste schien das zu stören. Gott sei Dank war er in L.A., wo man nur selten deutsche Schimpfwörter verstand, dafür aber umso routinierter mit Durchgeknallten zurecht kam, die nachts um drei fluchend in einem Coffeeshop saßen.
„Hey, ist alles ok bei dir?", fragte auf einmal eine sanfte Stimme vom Nachbartisch - auf Deutsch. Alan drehte sich um und sah in zwei große blaue Augen, die einem hübschen jungen Mann mit schulterlangen blonden Haaren und einem roten Paletten-T-Shirt gehörten.
„Ah, noch ein schlafloser Deutscher?", fragte Alan.
„Fast, ich komm aus Wien!", rief es vom Nebentisch.
Der junge Mann stand auf, näherte sich Alan und streckte die rechte Faust zu einem angedeuteten Ghetto-Gruß. Seine Arme waren mit bunten Tattoos übersät und mit unzähligen goldenen Armreifen geschmückt.
„Hey, hey! Ich bin Candy und ich lad dich jetzt erst mal zu 'nem Latté ein, okay?"
Candy lief zum Tresen und Alan schaute ihm hinterher. Süß war er, ein bisschen tuntig vielleicht, aber richtig süß.

Der Supermistdrecksscheißdreck hatte vier Stunden zuvor angefangen.
„Hermann ist tot. Das wollt ich dir nur sagen!" Die Telefonstimme seiner Schwester Silke klang gefasst. „Die Ärzte wollten ihn noch in die Charité verlegen, aber er war schon zu schwach. Er war verwirrt die

letzten Tage, hat viel Blödsinn geredet. Schmerzen hat er zum Glück aber keine gehabt."

„Schade", sagte Alan, „ein bisschen Leiden zum Schluss hätte ich dem alten Sack gegönnt."

„Maik, er war immerhin unser Vater!"

„Stiefvater!", rief Alan ins Telefon.

Noch mehr als über die Vater-Stiefvater Sache ärgerte sich Alan darüber, dass sie ihn immer noch Maik nannte - Maik mit a i.

„Oje, Maik, hätt' ich dich bloß nicht angerufen. Das ist unser erstes Telefonat seit über einem Jahr und du fängst gleich wieder an. Ja, er war unser Stiefvater, der berühmte Hermann Lützow. Und ja, er war ein schwieriger Mensch, aber am Ende hab ich versucht, meinen Frieden mit ihm zu finden. Und du kannst das auch tun. Komm zur Beerdigung rüber und hilf mir, die Formalitäten abzuwickeln."

„Welche Formalitäten?", sagte Alan, „wegen mir kannst du ihn irgendwo verscharren. Und die runtergekommene Villa in Friedrichshagen kannst du verkaufen. Wenn dann nach Abzug der Schulden noch ein paar Cent übrig sind, will ich davon nichts haben."

Hermann Lützow war einst der berühmteste Skulpturen-Künstler der DDR. Als Sohn des Arbeiterführers Aribert von Lützow hatte er im sozialistischen Kunstbetrieb eine steile Karriere gemacht. Bekannt waren vor allem seine Keramikfiguren, verfremdete Darstellungen von Arbeitern, Bauern, Soldaten und Kosmonauten - charakteristisch mit den übergroßen Händen. Sein berühmtestes Werk entstand 1976 und hieß „Abendrot". Die Figur hatte - vermutlich absichtlich - Ähnlichkeit mit Günter Abend, damals ZK-Sekretär für Wirtschaftsfragen. Ein mannshoher Abguss stand im Palast der Republik. Das Original, eine Figur von nur 40 cm Höhe, galt seit 1977 als verschollen, dem Jahr, in dem Lützow für alle unerwartet seine Karriere beendete

„Du kommst also nicht?", seufzte Silke. Alan schwieg. Lange. Sehr lange.

„Was ist nur aus meinem kleinen Bruder Maik geworden?", sagte Silke, „ein richtiges Arschloch, und ein Feigling noch dazu!"

„Ich bin nicht mehr Maik, ich bin Alan!", sagte Alan und legte auf, ohne sich zu verabschieden.

Alan bekam keine Luft mehr. Er ging ans offene Fenster und begann laut bis zehn zu zählen. Dann stieg er in sein Auto und fuhr los. Einfach durch die Nacht fahren. Und vielleicht einen Kaffee trinken.

„Krass", rief Candy, nachdem Alan ihm die Geschichte erzählte hatte, „du fliegst echt nicht zur Beerdigung?"
„Er war der schlechteste Stiefvater, den man sich vorstellen kann", sagte Alan. „Unsere Mutter hat ihn geheiratet, als wir ganz klein waren. Und nach ihrem plötzlichen Tod waren wir ganz allein mit ihm. It was hell, really!"
Alans Hand begann zu zittern. Candy legte seine darauf.
„Hübsche Armreife hast du da, aber bist du nicht noch ein wenig zu jung für so ein verwegenes Tattoo?", fragte Alan, um das Thema zu wechseln.
„Lebensalter ist relativ", sagte Candy, „aber wenn du dich für Zahlen interessierst: Ich bin 24!"
„Oh, ich hab die gleichen Zahlen, nur andersrum", schmunzelnde Alan und streichelte Candys Arm, der sich ganz glatt und weich anfühlte.
„Aha, und obwohl du so viel älter bist als ich, zitterst du jetzt wie ein Kind? Wovor hast du Angst?", fragte Candy.
„Angst? Wie kommst du darauf!", rief Alan und zog seinen Arm wieder weg. „Ich bin nur wütend, wütend auf meinen Scheiß-Stiefvater, wütend auf mich, weil ich ihm nie zu Lebzeiten ins Gesicht sagen konnte, wie lieblos und kalt er war. Kurz nach Mutters Tod hat er uns ins Internat gesteckt. Dann hat er seinen Beruf an den Nagel gehängt und sich nur noch als großer Staatskünstler feiern lassen. Wie erbärmlich. Nach der Wende ging's dann so richtig bergab mit ihm. Soweit ich weiß, hatte er am Ende nur noch Schulden und die Erinnerung an eine große Vergangenheit."
Candy schaute Alan jetzt eindringlich an: „Aber auch du hast eine Vergangenheit, und da gehört er nun mal dazu!", sagte er.

„Ja", sagte Alan, ich habe eine Vergangenheit, und mit der hab ich abgeschlossen."

Candy lachte: „Wir haben mit der Vergangenheit abgeschlossen, aber die Vergangenheit nicht mit uns. Das ist die Wahrheit, auch wenn der Satz ein Filmzitat aus Magnolia ist."

„Supermistscheißdreck", rief Alan. „Wo hast du denn mit deinen 24 diese Lebensweisheiten her? Ich will einfach nicht rüberfliegen. Ich hab diesen Scheiß nicht nötig."

„Sorry, aber das nehm' ich dir nicht ab." Candys blaue Augen funkelten. „Du machst einen auf cool, aber eigentlich bist du total durch den Wind. Du bist verwirrt, weil du merkst, wie viel Macht die Vergangenheit noch über dich hat."

„Esoterischer Schwachsinn", erwiderte Alan.

„Wie du meinst", sagte Candy und stand plötzlich auf.

„Sorry!", sagte Alan erschrocken, „ich wollte dich nicht beleidigen. Mir tut es gut, mit dir zu reden. Willst du ... willst du noch mit zu mir kommen?"

Alan wohnte nur wenige Autominuten vom Coffeeshop entfernt. Sein kleines Häuschen in Los Feliz hatte eine befreundete Interior Designerin geschmackvoll eingerichtet. Mid-Century Style.

Candy ließ sich müde aufs Sofa fallen. Alan setzte sich neben ihn und zog Candys Kopf an seine Brust. Dann strich er ihm durch die langen blonden Haare und sagte: „Weißt du, Candy, ich bin wirklich froh dich getroffen zu haben. Mein Retter der Nacht."

Candy schloss die Augen und verschlang seine Arme in Alans. Dann erzählte er von sich.

Die letzten zwei Jahre hatte Candy beim Stamm der Shoshones in Nevada gelebt.

„Ich hab den Sohn eines Stammesältesten beim Opernball in Wien kennen gelernt. Das war vielleicht ein Kerl! Big Eagle hat er sich genannt und groß war er auch. ... Naja, auf jeden Fall hat er mich nach Nevada eingeladen. Aber es ging nicht lang mit uns. Er hatte ja eine Frau offiziell. Trotzdem hat's mir gefallen und so hab ich beim

Schamanen der Shoshones eine Ausbildung zum spirituellen Heiler gemacht. Hast du schon mal was vom Toloache-Ritual gehört? Damit könnte ich dich jetzt im Handumdrehen in Trance versetzen", lachte er.
„Und wo wohnst du jetzt hier in L.A.?", fragte Alan.
Candy verdrehte die Augen und sagte: „Was weiß ich. Ich bin doch gerade erst vor drei Stunden in dieser verdammten Stadt angekommen. Hast du vielleicht eine Idee?" Candy bekam keine Antwort mehr. Alan war bereits eingeschlafen und auch ihm fielen jetzt die Augen zu.

Als Candy wieder erwachte, saß Alan mit dem Laptop und einer frischen Tasse Kaffee neben ihm auf dem Sofa.
„Was machst du da?", fragte Candy.
„Ich buche gerade einen Flug nach Berlin", sagte Alan. „Ich habe meinen Stiefvater wirklich gehasst, aber die Geschichte lässt mich nicht los. Ich flieg rüber und will mit allem abschließen! Außerdem will ich Silke sehen - und Julius, ihren Sohn. Den hab ich zur Jugendweihe das letzte Mal zu Gesicht bekommen."

Julius, Alans Neffe, war die Frucht einer kurzen heftigen Liebe zwischen Silke und einem Kommilitonen der Kunsthochschule Weißensee. Alan zeigte Candy voller Stolz Julius' Facebook Profil. Auf den Bildern war ein fröhlicher Mann Mitte 20 zu sehen, Fotos von Sonnenuntergängen, Partyschnappschüssen, Szenen eines Lebens, das unbeschwert und leicht schien.

„Wow, he is cute! Und er sieht dir ein bisschen ähnlich", sagte Candy und küsste Alan auf die Wange. „Ich spüre richtig, wie wichtig diese Reise für dich wird."
„Komm doch mit", schlug Alan vor, „dann kannst du es mit mir erleben." „Mach ich, aber erst mal nur in Gedanken. Ich muss hier ein paar Sachen regeln. Ich hab eine Session nachher bei einem Spiritual Healer, der mich vielleicht engagieren will."
„Schade", sagte Alan, „aber du kannst hier wohnen in meiner Abwesenheit, wenn du magst."

„Du spinnst", rief Candy. „Du vertraust einem Wildfremden diese geile Hütte an?"
„Mein Flug geht erst in fünf Stunden. Wenn du dich ein bisschen anstrengst, sind für uns dann vielleicht nicht mehr so fremd", sagte Alan, zog Candy zu sich heran und küsste ihn tief in die weichen Kissen.

Neukölln

Der Airbus nach Europa lag wie auf Schienen in der Luft und bereits kurz nach dem Start übermannte Alan eine bleierne Schläfrigkeit. Mit ihr kamen Bilder der Kindheit.
1977: Maik ist 6 Jahre alt, als er in einer stürmischen Nacht erwacht. Das Bett seiner älteren Schwester Silke ist leer. Nach Mutters Tod lässt sie der Stiefvater nachts oft allein. Hermann Lützow sitzt dann in seiner Werkstatt, die am anderen Ende des riesigen Waldgrundstücks liegt. Maik hat Angst und läuft in den Garten. Schwarze Büsche tanzen im Wind. Die Bäume werfen nasses Laub auf ihn ab. In der Werkstatt brennt Licht. Er schaut durchs Fenster und sieht seine Schwester Silke. Sie steht nackt auf einem Tisch. Hermann steht vor ihr und legt ihr eine Kette um den Hals – eine Silberkette mit einem roten Herz-Anhänger. Maik erkennt die Kette, sie gehörte der Mutter. Maik versteht nicht, was er sieht. Er läuft zurück ins Haus und legt sich in sein kaltes Bett. Am nächsten Morgen erzählt er Silke, was er gesehen hat. Sie sagt: „Ach, diese Geschichte hat dir heut' Nacht der Wind im Traum erzählt. Der fliegende Wind. Der Beweis dafür ist die Silberkette. Ich hab sie selbst Mutti ins Grab geworfen."

„Hi Onkel Maik", rief Julius, als Alan durch die Schiebetür des Gates in die Halle des Flughafens trat.
„Wow, Julius! Is that really you? So schön, dich endlich live zu sehen! Ich nenne mich übrigens seit über 10 Jahren Alan, auch wenn das deine Mutter nicht wahrhaben will. Und das Onkel kannst du bitte auch weglassen!", fügte Alan hinzu.

„Ok, Alan. Kein Ding. Mama lässt dich grüßen. Sie hat noch Lehrerkonferenz und kommt heute erst spät aus der Schule."

Julius dirigierte den unfreundlichen Taxifahrer geschickt Richtung Neukölln. Alan starrte aus dem Fenster und vor seinen Augen erschien die Stadt, die er 1993 verlassen hatte, eine Stadt, die damals nicht wusste, was sie mal werden sollte und in der er nicht wusste, was er werden wollte. Es gab viel Grau damals und immer noch diese Mauer, von der alle sagten, sie sei nur noch in den Köpfen. Nur noch! Den Osten mochte er nicht, da war alles zu vertraut. Den Westen mochte er nicht, da war alles zu fremd - und viel schmutziger als er sich den Goldenen Westen jemals vorgestellt hatte. Er war auf vielen Partys zu jener Zeit. Er lernte viele Männer kennen, die meisten von ihnen waren aus Westdeutschland nach Berlin gezogen, weil sie den „unfertigen Charme" der Stadt mochten. Alan hatte Sex mit diesen Männern, aber im Grunde verband sie nichts. Alan wollte nur weg.

„Ich muss mit dir reden, solange Mutter noch nicht da ist", sagte Julius, als sie in Silkes Wohnung in der Lenaustraße ankamen. „Ich habe Opa am Tag vor seinem Tod besucht. Er war dement, aber für einen Moment schaute er mir ganz klar in die Augen und sagte: ‚Es tut mir Leid, was ich Silke angetan habe. Ich habe gelogen. Das Abendrot ist noch da. Ihr müsst es finden. Es ist eine Menge Geld wert! Hörst du? Vielleicht könnt ihr mir eines Tages verzeihen.' Genau so hat er es gesagt. Als ich Mama davon erzählte, hat sie einen Heulkrampf bekommen. Irgendetwas bedrückt sie, aber sie will nicht darüber reden. Weißt du, was das bedeuten kann: Das Abendrot ist noch da?"
Alans Hals schnürte sich zu. „Ich weiß es nicht", sagte er, „vielleicht war der Alte einfach nicht mehr ganz bei sich. Auf das Geplapper eines Demenzkranken würde ich nicht viel geben."

Julius zeigte sich enttäuscht, dass auch Alan den letzten Worten seines Großvaters so wenig Bedeutung beimaß. Er zog das Gästesofa in Silkes Arbeitszimmer für Alan aus. „Ich wohn' hier mit Marga gleich um die

Ecke, Pannier-, Ecke Weserstraße. Vielleicht kommst du mich nachher besuchen?", sagte Julius und ließ Alan allein zurück.

Alan legte sich auf die harte Gästecouch und grübelte. Was würde ihn die nächsten Stunden hier erwarten? Wie ging es Silke und was in Dreiteufelsnamen hatte es mit Hermanns letzten Worten auf sich? Alan wollte sich ablenken, dachte an die wunderbare Begegnung mit Candy, seinen flachen Bauch und seinen drahtigen Körper. Er versuchte, sich einen runterzuholen, doch die Kindheitserinnerungen waren stärker.

1977 gab Hermann Lützow bekannt, dass das Original seiner berühmten Skulptur „Abendrot" aus dem Anwesen in Friedrichshagen gestohlen worden war. Wenig später zog er sich aus der Öffentlichkeit zurück und schickte Silke und kurz darauf Alan auf getrennte Internate. Sie sahen sich fortan nur noch alle paar Wochen. Der Diebstahl konnte nie bewiesen oder aufgeklärt werden. Er blieb eine Merkwürdigkeit, die spätestens mit dem Untergang der DDR in Vergessenheit geriet. Natürlich wäre das Original jetzt eine Menge Wert, wenn es denn tatsächlich noch existierte.

Alan erwachte, als draußen bereits der Abend dämmerte. Silke war längst zu Hause und saß in der Küche mit einer großen Tasse „Harmonie-Tee". Als er sie sah, erschrak Alan. Wie lange hatte er sie nicht gesehen? Neun Jahre musste das jetzt her sein. Wie alt sie geworden war. Furchen in den Wangen und auf der Stirn, raspelige graue Haare. Nur ihre schönen grünen Augen hatte sie noch. Beide fingen an zu weinen, umarmten sich und Alan genoss den Geruch der großen Schwester, den er vor allem in den ersten Internatsjahren so schmerzlich vermisst hatte.
Silke setzte einen großen Topf Kürbissuppe auf den Herd.
Alan erzählte von Los Angeles, seinen letzten chaotischen Beziehungen, der Immobilienkrise, die ihn beinahe ruiniert hätte und vom unbän-

digen Optimismus der Amerikaner, der ihn immer wieder animierte, positiv zu denken, weiter zu machen, da zu bleiben.

Silke schnitt Vollkornbrot, strich Butter darauf und erzählte von Berlin, den steigenden Mieten und den kalten, grauen Wintern, davon, wie schön es war, am Wochenende übers Tempelhofer Feld zu laufen und davon, wie schwirig es war, an der Rütli-Schule den Kindern eine gute Ausbildung angedeihen zu lassen. Ja, es gab zarte Erfolge, aber im Grunde fühlte sie sich müde und ausgebrannt.

„Aber auf Julius kannst du richtig stolz sein", sagte Alan.
„Danke, Maik, ja, er hat sich toll entwickelt. Vor 2 Jahren hat er in Valencia eine Spanierin kennengelernt. Seitdem ist er wie ausgewechselt. Marga und er wollen übrigens hier im Haus eine Tapas-Bar eröffnen? Hat er dir das nicht erzählt? Sie wohnen gleich hier um die Ecke in der Weser …"
„ … in der Weserstraße, ich weiß", ergänzte Alan. „Julius hat mir allerdings noch etwas ganz anderes erzählt. Er meinte, Hermann hätte auf dem Sterbebett etwas über das Abendrot erzählt. Dass das Original noch da wäre, und dass wir es suchen sollten und dass er sich dafür entschuldigt hat, was er dir angetan …"
Silke ließ den Löffel fallen. Kürbissuppe spritzte über den Tisch. Sie presste ihre bebenden Lippen aufeinander. „Ich habe Julius gesagt, dass er das nicht erzählen soll! Hermann war dement. Punkt!"
„Aber wenn was dran ist? Der Diebstahl war doch immer eine komische Story. Es gab nie eine richtige Untersuchung. Ich kann mich noch nicht mal erinnern, dass die Polizei da gewesen wäre, um der Sache nachzugehen."
Silke rang weiter um Fassung: „Maik, du warst damals 6 Jahre alt. Was weißt du schon, was damals war. Deine Phantasie war immer schon legendär!"
„Fakt ist, dass der Alte irgendwas bereut hat, und das hat auch mit dir zu tun. Er sagte ‚was ich Silke angetan habe'. Erinnerst du dich an die Geschichte mit der Silberkette? Ich hätte geträumt, hast du gesagt,

aber ich habe dich doch bei Hermann in der Werkstatt gesehen!"
Silke vergrub den Kopf zwischen ihren aufgestützten Armen: „Hör auf, hör auf Maik! Ich flehe dich an! Du kommst über 9.000 km, um in MEINER Vergangenheit rumzurühren? Eine Vergangenheit, mit der ich endlich abgeschlossen habe!"
„Silke, ich habe gestern einen Satz gelernt: 'Wir haben mit der Vergangenheit abgeschlossen, aber die Vergangenheit nicht mit uns.' Und genau deshalb bin ich hier. Was ist verdammt noch mal 1977 passiert? Was hat Hermann mit dir gemacht? Das stinkt doch alles zum Himmel!"
Silke lief weinend aus der Küche. Sie kehrte mit einem Schlüsselbund zurück und knallte ihn auf den Tisch: „Hier sind die Schlüssel von Friedrichshagen. Wenn du schon in der Vergangenheit herumwühlen willst, dann mach es dort, wo es sich vielleicht lohnt. Ich hab fünf Tage Unterricht hinter mir und geh jetzt ins Bett!"

Alan lag wach in dieser Nacht, nicht nur wegen der Zeitverschiebung. Die hohen Altbaudecken, der Blick auf die alten Doppelfenster, das Knacken der Holzdielen, all das erinnerte ihn an seine Westberliner Zeit. Das war '90 bis '93. Damals wollte Alan den Osten nie wieder sehen. „Hinterm Tiergarten ist Schluss", hatte er gesagt. Nach dem Abi zog er in eine WG nach Steglitz. Sein Vermieter hieß Waldemar, kam aus Göttingen, war 38, trug Schnauzbart und auch im Sommer dicke Wollsocken. Waldemar verteilte in der Wohnung täglich bunte Zettel, wer wann mit Einkaufen, Putzen und Blumengießen dran war.
„Und bitte, bitte Maik, sei nicht so laut beim Ficken. Ich weiß, ihr Ossis seid da sehr ungehemmt, mehr als Sex hattet ihr ja in der Zone nicht - aber hier bei uns ... "
Maik blieb nur ein paar Monate in Steglitz und zog dann von Lover zu Lover. Endlich, 1993, lernte er Alan Smith kennenlernte. Alan war bei den Amis in Zehlendorf stationiert und nahm Maik mit nach Washington, wo sie sich liebten, trennten und wo Maik sich schließlich selbst Alan nannte, nach Los Angeles weiter zog, um das zu finden was alle dort suchen. Ein bisschen Glück, Erfolg, Kohle machen und das

gute Gefühl, dass es egal ist, ob heute die Sonne scheint, denn morgen scheint sie wieder - höchstwahrscheinlich jedenfalls.

Alan erwachte früh. Sein Rücken schmerzte von der brettharten Matratze. Er stand auf, zog sich an, nahm den Schlüsselbund vom Küchentisch und hinterließ Silke eine Nachricht:
„Guten Morgen Schwesterherz, ich fahr nach F'hagen. Komm doch nach, wenn du wach bist. Grüße, Maik." Das „Maik" strich er dann zwei Mal deutlich durch und schrieb „Alan" daneben. Vielleicht kapierte sie es ja irgendwann.

Friedrichshagen

Der Taxifahrer, der sonst um diese Uhrzeit nur Schnapsleichen beförderte, freute sich über die weite Fuhre und als Alan gegen 6 Uhr morgens in Friedrichshagen ankam, dämmerte bereits der Tag.

Das Haus seiner Kindheit, das Haus von Hermann Lützow, lag am Ende einer immer noch nicht asphaltierten Sackgasse, im Hintergrund rauschten Kiefern, Eichen und Birken. Wie groß die Bäume doch geworden waren und wie schäbig das Haus inzwischen aussah, das in den 70ern im Stil einer Nomenklatura-Villa erbaut worden war. Im Inneren hatte sich erstaunlich wenig verändert. Hermann hatte offenbar kein Geld für neue Möbel, die schlichte DDR-Standard-Einrichtung wurde nur aufgehübscht mit dekorativen Hässlichkeiten aus den Baumärkten und Schnickschnackläden des neuen Deutschland.
Alan ging nach oben in ihr altes Kinderzimmer. Auch in der Internatszeit schliefen er und Silke, wenn sie denn mal für ein Wochenende hier waren, immer hier zusammen. Die Betten hatte Hermann offenbar gegen ein paar neue ausgetauscht, aber die alte Kommode mit den sieben Schubladen, von denen er nur drei, Silke aber vier belegen durfte, stand noch da. Alan öffnete eine nach der anderen, so vorsichtig, als könnten giftige Skorpione oder Klapperschlangen heraus-

springen. Hier lagen sie, die Geister der Vergangenheit: Klassenfotos, Briefe, gepresste Blumen, FDJ-Abzeichen, Geburtstagskarten, ein altes Tagebuch von Silke. Alan bemerkte gar nicht, dass er längst zu weinen begonnen hatte, dass dicke Tränen auf die Erinnerungen seiner Kindheit, dieser verdammten Supermistdrecksscheißdreckskindheit tropften.

Schließlich riss er eine Schublade nach der anderen aus der Kommode und leerte den Inhalt auf einen großen Haufen. Am liebsten hätte er ein Streichholz genommen und alles auf einem Scheiterhaufen verbrannt.

Auf einmal blieb sein tränenverhangener Blick hängen - an einer Silberkette. Es war die Kette mit dem roten Herz-Anhänger, die Kette, die seiner Mutter gehörte, die Kette, von der Silke doch behauptete, sie hätte sie ins Grab der Mutter geworfen, die Kette, die er an ihr gesehen hatte, 1977, als sie nackt in der Werkstatt bei Hermann stand.

Alan schrieb seiner Schwester eine SMS: „ Komm her. Sofort!" Dann setzte er sich ins Wohnzimmer auf die staubige Sitzgarnitur und starrte hinaus in den verwilderten Garten. Er konnte Silkes Ankunft kaum erwarten.

Als er endlich ihren Wagen vor der Einfahrt hörte, lief er nach draußen und packte sie fest am Arm. „Komm mit, Schwesterherz!", sagte er und zerrte sie hinter sich nach oben in den ersten Stock.

„Um Himmels Willen, Maik! Du machst mir Angst. Was soll denn das Theater?", rief Silke.

Im Kinderzimmer angekommen, deutete Alan auf den ausgekippten Haufen vor der Kommode. „Ich soll nicht in deiner Vergangenheit herumwühlen, hast du zu mir gesagt. Was ist aber, wenn ich beweisen kann, dass du mich belogen hast?" Alan zog die Silberkette hervor und ließ das rote Herz vor Silke baumeln. Silke erstarrte: „Gib die Kette her, Maik!", schrie sie und schnappte danach.

„Ach, ich weiß gar nicht, welche Kette du meinst. Du hast sie doch Mutter ins Grab geworfen. Der kleine Maik hat sich doch das nur eingebildet, dass du die Kette trugst in dieser Nacht bei Hermann in der Werkstatt".

„Hör auf Maik, hör auf! Warum musst du in meinen Wunden rumstochern? Weißt du nicht, wie weh das tut?"

„Weißt du nicht, wie weh deine Lügen tun? Du hast mir als kleiner Junge eingeredet, dass ich nur geträumt hätte. ‚Ach, diese Geschichte hat dir heut Nacht der Wind erzählt. Der fliegende Wind.' DAS tut weh, Silke. Warum hast du den Alten gedeckt? Warum hast du mir nicht erzählt, was er mit dir in der Werkstatt macht? Warum hast du es niemandem erzählt?"

„Du hast kein Recht, so mit mir zu reden. Meine Geschichte gehört mir. Nur mir, hörst du. Und jetzt kommst du und wirfst mir das auch noch vor. Du wolltest doch die letzten Jahre nichts von uns wissen. Und jetzt kommst du an und machst einen auf verletzt? Was hätte ich dir denn sagen sollen? Dass mich Hermann x-mal nachts in die Werkstatt geholt hat. Dass er mich seine ‚kleine Kosmonautin' genannt hat. Stundenlang musste ich auf dem Tisch stehen, die Hände nach vorne ausgestreckt. Ich war müde, wollte mich hinsetzen. Aber dann hat er gebrüllt und gesagt, dass Mutti jetzt sehr sehr traurig wäre, weil ich ihm nicht helfen würde, seine schönen Figuren zu machen. Hätte ich dir das etwa sagen sollen? Einem 6-jährigen Jungen?"

„Oh Gott, Silke, aber das habe ich doch alles nicht gewusst. Ich konnte es doch noch nicht mal ahnen. Sag mir, was hat der Alte nur mit dir gemacht? Hat er dich geschlagen? Vergewaltigt? Ich hab dich doch nackt gesehen damals! Das weiß ich ganz genau."

Silke weinte, umarmte ihren Bruder und drückte ihn fest an sich. „Ob du mir jetzt glaubst oder nicht, aber ich weiß es einfach nicht mehr. Ich habe das Meiste verdrängt, vergessen. Ich kann mich doch nur an eine Nacht erinnern, wo ich weglaufen wollte. Aber da packte er mich und hielt mich fest. Ich schlug um mich und ein paar der Figuren sind vom Tisch gefallen. ‚Du hast meine kostbarsten Figuren kaputt gemacht, Silke!' So hat er mich angeschrien. Ich hatte ein Heiden-Angst." Alan streichelte Silke übers Gesicht. „Komm, lass uns mal raus in den Garten gehen, du brauchst frische Luft", sagte er.

Silke erzählte Alan jetzt alles, woran sie sich erinnern konnte. Dass Hermann am nächsten Tag zu ihr kam und sie bedrohte. Sie würde eingesperrt werden, weil sie sich dem Vater widersetzte, sie müsste bezahlen für die kaputten Figuren, die ein Vermögen wert waren. Aber er wäre gütig zu ihr, weil er sie liebte und die tote Mutter. Er würde eine Geschichte erfinden. Er würde allen erzählen, dass Einbrecher da gewesen wären, um die Figuren zu stehlen. Eine davon, das Abendrot, sei nämlich sehr wertvoll, und da wäre es sehr glaubhaft, dass sie gestohlen worden sei, von bösen Spionen aus dem Ausland, aus Amerika zum Beispiel. Silke müsse ihm nur versprechen, dass sie niemandem erzähle, dass sie nachts bei ihm in der Werkstatt war – niemandem.

„Weißt du, wie schwer diese Zeit auf mir lastete?", sagte Silke. „Jahrelang war ich in Behandlung. Bin von einer Therapeutin zur nächsten gelaufen. Aber die schlimmsten Erinnerungen hab ich wohl wirklich verdrängt. Ein Schutzmechanismus, wie ich heute weiß. Eine Freundin meinte, ich könnte es mal mit alten indianischen Ritualen versuchen. In Trance könnte meine Erinnerung zurückkehren. Aber will ich das überhaupt? Will ich mich dieser Vergangenheit stellen? Ich hab doch eigentlich meinen Frieden gefunden mit Hermann. Eigentlich geht es mir doch heute ganz gut, oder?"
„Eigentlich hört sich komisch an", sagte Alan.
„Stimmt", sagte Silke, „komisch ist es. Da ist etwas in meinem Leben passiert, etwas das schrecklich gewesen sein muss. Und ich kann mich nicht einmal daran erinnern. Selbst die Werkstatt steht ja nicht mehr. Sie liegt ungefähr da, wo Hermann später den Goldfischteich angelegt hat."

Die beiden bahnten sich den Weg durch das hohe Gras des Gartens, als sie plötzlich eine helle Stimme von der Terrasse rufen hörten: „Wow, that's so beautiful!"
„Candy? Candy! Was in aller Welt macht Candy in Friedrichshagen?", rief Alan.

Er traute seinen Augen nicht. Julius, Marga und Candy standen tatsächlich zu dritt auf der Terrasse und winkten ihnen zu.
Candy schrie in den Garten: „Ja, mein Lieber, das kommt davon, wenn man sich bei Facebook nicht ausloggt. Ich hab gestern Nachmittag mit meinem Spiritual Healer eine Channeling-Session gemacht und die Geister der Shoshones haben mir befohlen, sofort nach Berlin zu reisen, um euch zu helfen. Dann hab ich deinen Neffen angeschrieben und bin rübergeflogen!"
„Rübergeflogen? Auf einem Weißkopfadler der Shoshones oder was", foppte Alan, der Candy nun umarmte und mit ihm übermütig über die Terrasse tanzte. „Darf ich vorstellen: Candy, mein Retter der Nacht."
„Oh, wie lange kennt ihr euch schon?", fragte Silke
„Zwei Tage!", rief Alan und lachte.
„Candy, was machst du eigentlich beruflich?", frage Julius.
„Er ist schamanischer Heiler", sagte Alan, und soweit ich mich erinnern kann, kann er Menschen mit so einem Ritual in Trance versetzen."
„Das glaub ich jetzt nicht!", rief Silke, „mit indianischen Ritualen?"
„Genau", sagte Candy, „Toloache - die Kunst der Trance und Rückführung!"
Silke schaute Alan tief in die Augen und sagte dann: „Maik, äh Alan, das ist ein Zeichen. Ich glaube, es wird endlich Zeit, die ganze Wahrheit zu erfahren und mit der Vergangenheit abzuschließen. Candy, kommen Sie, ich muss mit Ihnen reden", sagte sie dann, nahm Candy beiseite und zog sich mit ihm für eine Weile in das alte Kinderzimmer zurück.

Nach einer Weile kamen sie wieder und wanderten durch den Garten. Silke sollte einen Ort suchen, an dem sie in Trance versetzt werden wollte. „Einen Ort zum Verweilen", wie Candy ihn nannte.
Am Goldfischteich hielt Silke schließlich inne. „Hier will ich es machen. Hier war die Werkstatt, hier ist es passiert."
Alan und Julius wuchteten zwei schwere Wohnzimmersessel durch den Garten. Marga öffnete eine Flasche Rotwein und schenkte Candy und Silke zwei Gläser randvoll ein. Beide nahmen gegenüber

voneinander Platz. Silke hielt die Silberkette mit dem Herzanhänger in der Hand - als Talismann, der ihr Kraft geben sollte. Marga, Julius und Alan sollten beim Ritual dabei sein und kauerten sich auf der inzwischen niedergetrampelten Wiese aneinander.

Dann begann Candy das Toloache-Ritual. Er sang, redete in einer fremden Sprache, nahm ein Häufchen Erde, streute es Silke in den Schoß, nahm das Glas mit Wein und träufelte eine geheimnisvolle Tinktur hinein. Dann führte er das Glas an Silkes Mund und sprach: „Trink und beginne deine Reise in jene Zeit, die wir Vergangenheit nennen, die aber in dir ist, so lebendig und nah, wie jeder andere Moment deines Lebens. Denn Zeit ist nur eine Illusion und alles, was du jemals wusstest, ist gespeichert in deinem Körper."
Silke sackte kurz zusammen und richtete sich dann ruckartig wieder auf. Ihre Augen waren aufgerissen. Sie wandte sich an ihren Bruder: „Alan, hier genau ist es. Ich sehe mich hier auf dem Tisch stehen. Er hat mir immer gesagt, ich dürfte mein Höschen anlassen, aber dann hat er mir es doch runtergezogen bis zu den Knien."
„Was siehst du Silke, was macht Hermann mit dir?" fragte Alan.
„Er steht vor seinem Lehmklotz und macht sich die Hose auf. Ich seh' seinen Steifen ... ich sehe, wie er sich einen runterholt, Alan. ‚Oh, meine Kosmonautin, meine kleine Kosmonautin', flüstert er dabei. ‚Zeig mir deine zarten Händchen. Genau so will ich sie in den Lehm formen, deine kleinen Hände, die einmal so groß und stark werden.' Er stöhnt und starrt mir auf die Hände. Er wichst vor mir in den Lehm und knetet alles zusammen. Er formt die Hände für seine Figuren daraus, diese übergroßen Hände. Dann geht er weg, irgendwo nach unten. Ich muss still stehen, sagt er. Er kommt wieder und reicht mir eine Tafel Kinderschokolade. ‚Schokolade aus dem Westen', sagt er. ‚Die ist für dich ganz allein', sagt er. „Geh jetzt ins Bett!"

Alle schweigen. Silke saß jetzt wie versteinert da. Candy legte beide Arme auf Silkes Schulter.
So stand er eine Weile.

Dann sagte Candy: „Wenn du ihn so siehst, Silke, was möchtest du deinem Stiefvater jetzt sagen?"

Silke zuckte am ganzen Körper. Dann stand sie auf, reckte die Arme gen Himmel und brüllte laut: „Hörst du mich, Hermann? Hörst du mich, Du scheiß Wichser? Du kranker Typ. Du hast mich als Wichsvorlage missbraucht und dein Sperma in deine verdammten Figuren geknetet. Weißt du überhaupt, wie abartig das war? Silke senkte den Blick und stampfte mit dem linken Fuß auf den Boden. „Aber jetzt bist du tot, tot, tot. Und ich, ich lebe noch, und Alan und Julius, wir leben noch und wir werden weiterleben ohne dich! Nimm deine Scheißvergangenheit mit ins Grab!"

Silke fiel nassgeschwitzt in den Sessel zurück. Candy hatte eine Schale mit Gewürzen entzündet und wedelte den würzigen Rauch in Silkes Richtung. Dann sprach er eine weitere Formel und ließ einen Stein zu Boden fallen. Mit dem Aufprall erwachte Silke aus ihrer Trance.

„Puh, jetzt brauch ich noch ein zweites Glas Rotwein", sagte sie, „und dann holen wir Schaufeln! In der Trance habe ich Hermann nach unten steigen sehen. Die Werkstatt muss also einen Keller gehabt haben. Wenn es das Abendrot noch gibt, dann dort."

Silke wirkte nach der Trance wie ausgewechselt. Ihre Energie schien jetzt grenzenlos.

In aller Eile holten sie Schaufeln herbei und nur etwa zehn Minuten, nachdem sie begonnen hatten, den sandigen Boden neben dem Teich abzutragen, stießen sie auf eine alte Mauer. Nach weiteren zwei Stunden konnten sie erkennen, dass es darin eine Tür gab. Gegen Sonnenuntergang war der Boden endlich soweit abgetragen, dass sich die Tür öffnen ließ.

„Du gehst zuerst", sagte Alan zu Silke und reichte ihr eine Taschenlampe. Sie verschwand im Dunkeln. Kurze Zeit danach reckte sie eine Hand nach draußen. In der Hand hielt sie ein orangefarbenes Stück Papier. Dann trat sie aus dem Keller heraus und schaute traurig. „Das habe ich gefunden", sagte sie und wedelte mit der verrotteten Pappe: „Eine alte Packung Kinderschokolade".

Candy, Alan, Marga und Julius blickten enttäuscht nach unten.

Doch dann begann Silke plötzlich zu lachen und zog die zweite Hand hinter dem Rücken hervor. In ihr hielt sie eine Keramikfigur von etwa 40 cm Höhe: Das Abendrot!

„Hier Alan, hier ist es", sagte sie feierlich, „das Abendrot gehört jetzt uns. Lass uns das Ding meistbietend verkaufen und mit dem Geld ein paar schöne Jahre machen!"

Es wurde spät an diesem Abend. Marga und Julius schafften Mini-Tortillas, Pflaumen im Speckmantel und kistenweise Rotwein herbei. Candy reinigte mit schamanischen Ritualen das Haus von den letzten bösen Geistern.

An diesem Abend hatten Silke und Alan nicht nur mit ihrer Vergangenheit abgeschlossen, sondern ihre Vergangenheit auch mit ihnen.

Die Hördateien für „Abendrot"

http://bit.ly/dasabendrot

Ilaria, die Glückliche

Judith H. Strohm

Am Strand von Hobyo, Somalia, September 2009

Nur für einen kurzen Moment wollte Suleekho hier rasten, wollte zusehen, wie die Wolken über den orange leuchtenden Abendhimmel in den Golf von Aden zogen und die Wellen mit kleinen weißen Schaumkronen an den Strand schwappten, sich so unschuldig verliefen, als wäre es einfach nur Wasser, das auf Sand traf.
Möwen standen schreiend in der Luft. Es roch nach Seetang.
Suleekho blickte voll Sehnsucht auf die dünnen Schaumlinien, die die Wellen hinterließen. Niemals mehr würde sie es wagen, mit nackten Füßen durch die Brandung zu schlendern oder gar im Meer zu baden, so wie sie es als Kind ganz selbstverständlich getan hatte.

Die Sonne würde bald untergehen. Suleekho musste sich nun beeilen, schließlich war der Vater alleine zu hause, hilflos und bettlägerig. Lange würde es wohl nicht mehr dauern, bis auch er in ein weißes Tuch gehüllt neben der Mutter im Schatten der kleinen Moschee bestattet würde. Schon seit Monaten hustete er Blut. Und nur noch selten presste er mit trockenen Lippen Worte hervor, die sich sogleich in der stickigen Luft über seinem Lager aufzulösen schienen. Alles war abgehacktes Gemurmel.
„Geh, mein Kind, ich flehe dich an! Ilaria hatte Recht. Somalia hat keine Zukunft, du hast hier keine Zukunft. Geh und finde dein Glück!"
Die Stimme des Vaters klang von Tag zu Tag matter.

Ilaria Alpi. Nach all dieser Zeit sprach der Vater wieder häufig von der jungen italienischen Journalistin, als deren Fahrer er gearbeitet hatte. Der Vater sprach von Ilaria, von ihrer Arbeit und drängte im selben Satz Suleekho zu gehen, Somalia aufzugeben, ihn aufzugeben. Suleekho erinnerte sich gut an diese Frau, die damals, vor über fünfzehn Jahren, häufig im Haus des Vaters zu Gast war. Noch ein Kind, war Suleekho auf dem Schoß des Vaters herumgerutscht, fasziniert von dieser Weißen, die so viel und so energisch sprach, die eine Sonnenbrille trug, schwere Schuhe und Hosen wie ein Mann.

Mit der Erinnerung des Vaters kamen auch seine Albträume zurück, in denen er gegen die alten Bilder anschrie, gegen die Dämonen, so dass auch Suleekho in der Nacht aufschreckte, in sein Zimmer gehen und ihn mit einem sanften Schütteln wecken musste. In seinen Träumen durchlebte der Vater jenen Märztag 1994, als das Killerkommando mit Motorrädern auf den Wagen zuraste. Noch am Morgen hatte die Mutter gewarnt: Mogadishu wäre viel zu gefährlich. Zwischen den Eltern hatte es Streit gegeben. Der Vater war dennoch gefahren.

Ilaria recherchierte damals über ätzende Krankenhausabfälle und strahlenden Atommüll, die auf dem Meeresgrund in Fässern schliefen, versenkt von der italienischen Ndrangheta. Ob Regierungskreise in Rom involviert waren, war unklar. Bevor Ilaria ihren Informanten treffen konnte, peitschten Schüsse von allen Seiten durch die Gasse, Autoscheiben zersprangen, Motoren heulten auf und verstummten im nächsten Moment in der Ferne.

Ilaria Alpi und ihr Kameramann Miran Hrovatin lagen in einer Blutlache auf dem Rücksitz, während der Vater sich hinter dem Lenkrad in die Hose gemacht hatte.

Das war das Bild, das Suleekho für immer im Gedächtnis bleiben würde: Der Vater, der am Abend mit stumpfem Blick, gänzlich abwesend in der Tür stand, auch Tage danach noch unfähig zu sprechen.

Lange Zeit war das Gift unsichtbar geblieben, hatte in Fässern auf dem Meeresgrund gelegen, als eine tickende Zeitbombe. Davor hatte Ilaria und später der Vater immer wieder gewarnt: Vor der tickenden Zeitbombe, die irgendwann explodieren würde, genau dann, wenn niemand mehr daran dächte. Und genauso war es gekommen.

Fünf Jahre war der Tsunami nun her, fünf Jahre, in denen sich das Leben in Hobyo radikal verändert hatte. Als würden Ilarias schlimmste Prophezeiung Wirklichkeit, hatte das Wasser mit unbändiger Kraft die Fässer an die Strände gespült. Besonders hart traf es die alten Fischerorte. Kinder kamen jetzt mit Missbildungen und Behinderungen zur Welt, die Alten klagten über juckende, eiternde Ausschläge und Blutungen im Mund. Die Krebsrate schoss in die Höhe. Der Staat tat nichts, die Menschen waren auf sich gestellt. Suleekho sah, wie die Nachbarn starben und mit den kranken Kindern auch die Hoffnung auf eine bessere Zukunft.

„Geh fort und suche dein Glück!"

Immer häufiger dachte Suleekho an die Worte des Vaters, und tatsächlich konnte sie sich ihr eigenes Glück immer weniger in Hobyo vorstellen. Sie wollte bis zum Ende beim Vater bleiben. Dann würde sie den Nissan verkaufen, der noch immer staubbedeckt im Hof stand, würde die Armbanduhr des Vaters und die goldenen Armreifen der Mutter nehmen, den einzig wertvollen Besitz, würde sie zu einigen Habseligkeiten in den kleinen Koffer legen, würde das Haus abschließen als würde sie die Tür zu ihrem bisherigen Leben schließen und sich auf den Weg machen.

Eine Baracke in Tripolis, Libyen, Juni 2013

Der Schlag traf Suleekho unvorbereitet. Sie fiel rückwärts, stieß sich den Kopf an der Türklinke und blieb wimmernd in der Zimmerecke liegen.

„Was denkst du dir, so hier aufzutauchen?", schrie Mister Maghur und baute sich wie ein Riese mit in die Hüften gestemmten Fäusten über ihr auf. Suleekho musste nicht jedes arabische Wort kennen, um seinen Zorn zu begreifen.

Eines der zahlreichen Handys, die in kleinen Taschen an seinem Gürtel hingen, surrte.

Suleekho fühlte den sandigen, kalten Zement unter sich, es roch nach der Latrine nebenan. Ein dröhnender Schmerz zog über ihre linke Gesichtshälfte, ihr Auge schwoll allmählich zu.

Nach Jahren der Reise, nach eiskalten Nächten auf der Ladenfläche eines Jeeps, nach Hunger und Angst bei der Fahrt durch irgendein Grenzgebiet, nach der Begegnung mit ungezählten Schleppern, Grenzposten, Milizen, war dies hier die vorerst letzte Station. Dieser

Mansour Ciss Kanakassy

Global Pass - Suleekho Abate

Mansour Ciss Kanakassy, 2014

Mansour Ciss Kanakassy: Über den Global Pass

Die Inhaber/innen des Global Pass haben die Möglichkeit, als „Weltbürger/innen" in jedes Land der Welt zu reisen, sich aufzuhalten und eine Arbeit aufzunehmen. Mit dem Global Pass gibt es keine Grenzen, weder geografisch noch kulturell, denn er ist an die Globalversicherung gekoppelt, durch die jede/r sozial- und krankenversichert und dadurch gleichberechtigt ist. Von dieser Grundethik ausgehend, soll weltweit jedes Land seiner regionalen Bevölkerung gehören und diese in ihrer Selbstständigkeit durch Nachhaltigkeit, Infrastruktur, Bildung und Gesundheit gefördert werden.

armselige Verschlag ließ kaum vermuten, dass hier der Gott von Tripolis sein Büro hatte. Und auch Mister Maghur selbst bot in seinem fleckigen Hemd und seinen ausgetretenen Latschen nicht das Bild des einflussreichsten Mannes der Stadt. Und doch war es so.

„Geh und suche dein Glück!" Immer wieder hämmerte sich Suleekho die Worte des Vaters in ihren Kopf, die ihr zu einer Art Verpflichtung geworden waren, einer Verpflichtung, zu überleben. Die Ermordung Gaddafis hatte das Überleben für Schwarze in Libyen jedoch schwierig gemacht. Noch immer lag Tripolis im Chaos, wurde von Clans und Milizen beherrscht. Suleekho war in einem von Flüchtlingen besetzten Haus am Stadtrand untergekommen, wo regelmäßig Schauergeschichten von Hetzjagden auf Schwarze erzählt wurden, von Massengräbern in der Wüste.
In der Dämmerung brach Suleekho zu einem Supermarkt auf, wo sie nachts im Lager arbeitete.
„Waa canjeera kulul!", murmelte sie auf dem Weg gegen die Angst vor sich hin. Sie erinnerte sich an den alten Vers, zu dessen Rhythmus sie als Kind in den Gassen von Hobyo mit den Nachbarskindern Hüpfspiele gemacht hatte. Die Mutter hatte ihn häufig aufgesagt, immer mit einem Lächeln auf den Lippen, wenn sie über dem Kohlenfeuer die süßen Canjeera Pfannkuchen backte.

Waa canjeera kulul!	Heißer Canjeero!
Waa canjeera kulul!	Heißer Canjeero!
Nin cawa leh iyo cawaalaa cuna	Glücklich derjenige, der es bekommt
Gaaridooy gado	Unbeschwert derjenige, der es isst
Geesiga uggeey	Gute Frau, kauf es
Haku-guuxee!	Gib es deinem Kavalier
	auf dass er brülle wie ein Löwe.

Den Tag über rollte Suleekho sich meist auf ihrer Matratze in einer Zimmerecke zusammen, versuchte, die aufgeregt und in vielen Sprachen durcheinander erzählenden Stimmen der anderen auszublenden und malte sich ihr zukünftiges Leben in Europa aus. Dort würde es keine verseuchten Strände geben, keinen täglichen Kampf, keine ständige Angst. Sie würde Italienisch lernen, würde einen guten Mann heiraten und Kinder haben, würde endlich das Leben leben, von dem sie immer wie selbstverständlich angenommen hatte, es würde in Hobyo verlaufen.

Doch zunächst musste sie an Mister Maghur vorbei. Er sah lächerlich aus, wie er da stand mit einer Hose, deren Bund bis zu den Fußknöcheln heruntergerutscht war, und an deren Gürtel die Handys abwechselnd vibrierten. Und doch war er der Gott von Tripolis – zumindest für die Flüchtlinge. Denn Mister Maghur war Herr über die Boote, die nachts und bei gutem Wetter Richtung Italien in See stachen. Und er war Herr über die Passagierlisten. Mister Maghur bestimmte, wer wann auf welches Boot stieg. Alle, die nach Europa wollten, mussten in Mister Maghurs Büro.
„Was denkst du dir, so hier aufzutauchen?", rief Mister Maghur noch einmal.
Bereits vier Mal hatte Suleekho bei Mister Maghur vorgesprochen, ihm nicht nur die Armbanduhr ihres Vaters und den Schmuck der Mutter, sondern auch Geld gegeben, kleine Summen, die sie sich vom Mund abgespart hatte. Jedes Mal hatte er laut gelacht, dass sein Goldzahn im Licht der Glühlampe funkelte und erklärt, dass es ja auch andere Möglichkeiten gäbe, ihn zu bezahlen, zumal für ein junges, hübsches Ding wie sie.

An diesem Tag hatte Mister Maghur ihr mit einer brutalen Geste den Rock und die Unterwäsche heruntergerissen. Sie hatte sich gewehrt, hatte gekratzt. Doch er war zu kräftig, um ihn abzuwehren. Und so ließ Suleekho, einmal mehr, alles geschehen.
„Geh und suche dein Glück! Geh und suche dein Glück!", hämmerten

die Worte des Vaters in ihrem Kopf, bis nichts anderes mehr in ihrem Bewusstsein war. Und dann, aus dem Nichts, hatte sie dieser Schlag getroffen.

Suleekho kauerte noch immer in der Ecke, während Mister Maghur dastand und verächtlich lachte. Er knöpfte sich die Hose zu und zog ein Bündel Geldscheine aus der Tasche.
„Du bist witzig, weißt du das? Echt witzig. Das, was du mir hier anbietest, ist ein Witz! Schau mal, so viel kostet eine Überfahrt! Ich glaube, wir werden noch viel Spaß miteinander haben, sehr viel Spaß!"
Suleekho rappelte sich an der Wand empor, noch immer benommen von seinem Fausthieb. Taumelnd zog sie ihre Unterwäsche und den Rock nach oben und sah dunkle Blutstropfen auf dem Betonboden. So schnell sie konnte, stürzte sie aus der Tür. Es wäre egal, wie viel Geld sie ihm gäbe, wie oft sie sich ihm noch anböte. Es war nie genug, würde niemals genug sein. Ein Gefühl von Verzweiflung krallte sich in ihren Brustkorb, Tränen rollten über Suleekhos Wangen.

Strand von Tripolis, Libyen, Januar 2014

Zu Jahresbeginn war die Schwangerschaft so weit fortgeschritten, dass die Arbeit im Supermarktlager zu schwer war. Der Lagerleiter hatte ihr eine Arbeit in der Putzkolonne des Marktes besorgt, aber auch das wurde zunehmend beschwerlich.
Suleekho wusste nicht, wie und wo sie das Kind zur Welt bringen, und wenn es einmal da war, wie sie es ernähren sollte. Seit der Bauch so offensichtlich war, war sie nicht mehr in Mister Maghurs Bretterverschlag gegangen. Mit seinem Kind würde er sie nicht gehen lassen, womöglich sogar den doppelten Preis verlangen. Doch ohne das Kind würde sie niemals gehen.

Bei gutem Wetter lief Suleekho gerne am Strand, der sie an ihre Kindheit in Hobyo erinnerte, und steuerte schließlich auf eine Bank im Schatten eines Schuppens zu. Jetzt waren mehr und mehr Menschen

Mansour Ciss Kanakassy

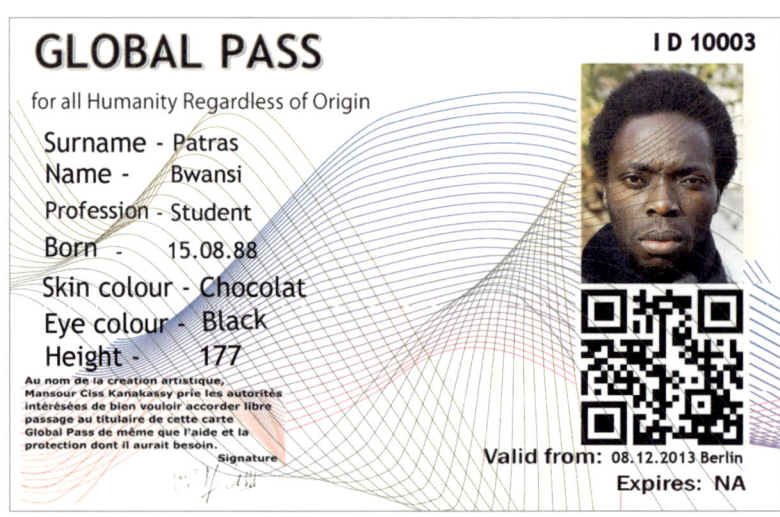

Global Pass – Patras Bwansi

Mansour Ciss Kanakassy, 2014

an den Booten zugange. Bald würden sie wieder in See stechen und Suleekho wollte, nein, sie musste auf eines dieser Boote kommen. Irgendwie musste sie es schaffen. Genauso wenig wie in Somalia sah sie ihre Zukunft in Libyen. Für sie und ihr Kind hieß das Ziel mehr als jemals zuvor: Italien.

Aus ihrer Tasche zog sie eine abgegriffene Zeitschriftenseite.
„Erste Bilder des königlichen Babys", stand dort in großen Buchstaben. „Die stolzen Eltern Catherine, Duchess of Cambridge und Prinz William präsentieren der Welt seine königliche Hoheit Prinz George Alexander Louis of Cambridge."
Suleekho hatte sich das Bild schon so häufig angesehen, es schon so häufig auf- und wieder zusammengefaltet, dass ein Riss durch Prinz William ging und nur Kate mit dem Kind in ihrem Arm noch richtig zu erkennen war. Sie strich über ihren Bauch. Egal, ob es ein Junge oder ein Mädchen würde, Suleekho wollte, dass es ihrem Kind auch gut ginge, dass es eine Zukunft hatte, die diesen Namen verdiente. Es wäre ihre kleine Prinzessin oder ihr kleiner Prinz.
Europa! Ein kleines Wort mit einer so großen Bedeutung. Gerade dreihundert Kilometer war die italienische Insel Lampedusa von hier entfernt. Eine lächerliche Distanz, dachte Suleekho, verglichen mit der Strecke, die sie seit Hobyo hinter sich gebracht hatte. Und doch so unerreichbar.

„Willst du eine?", fragte ein Mann, der ganz unvermittelt neben ihr aufgetaucht war. Mit seiner von Motorarbeiten schmutzigen Hand streckte er Suleekho eine Dose Coca-Cola entgegen. Er sah verschwitzt aus und wirkte verwahrlost. Und doch war es die erste freundliche Geste seit langem.
Suleekho war sofort misstrauisch.
„Was willst du dafür?", fragte sie in gebrochenem Arabisch.
„Für eine Dose Cola?" Der Mann schaute erstaunt. „Wie wäre es mit einem Lächeln?"

Suleekho lächelte schüchtern, griff die Dose und sagte kaum hörbar: „Danke!"
„Wirst du mit einem der Boote fahren?", fragte der Mann und nickte in Richtung der kleinen Werft.
„Ich will schon."
„Alleine?", fragte er und blickte misstrauisch auf ihren Bauch.
„Ja", sagte Suleekho und schirmte mit der einen Hand die Sonne ab, um den Mann besser sehen zu können. Die andere legte sie auf ihren Bauch, als ob es möglich wäre, dass der darunter unsichtbar würde.
„Aber Mister Maghur wird es niemals erlauben."
„In diesem Fall", sagte der Mann, „in diesem Fall sollten wir ihn vielleicht einfach nicht um Erlaubnis fragen."
Ohne ein weiteres Wort ließ er Suleekho zurück und ging zu seinen Kollegen, die an einem großen Motor schraubten.

Büro des Jesuiten-Flüchtlingsdienstes, Lampedusa, Italien, März 2014

„Ich schalte jetzt das Aufnahmegerät ein. O.k.?", sagt die Journalistin Guilia Biscottini. Die Falten in ihrem Gesicht erzählen von alldem, was sie in ihrem Leben schon gesehen, worüber sie im Laufe der letzten Jahrzehnte berichtet hat. Nun also einmal mehr die Flüchtlinge von Lampedusa. Guilia Biscottini lächelt.
„Ja, ja, ist gut", sagt der Mann ihr gegenüber. Seine Schläfen sind grau, seine Augen müde. Auf dem schmucklosen Resopaltisch stehen zwei Plastikbecher und eine Wasserflasche unter der flackernden Neonröhre. Eine rote Lampe am Aufnahmegerät blinkt.
„Herr Jammo, können Sie sich bitte kurz vorstellen?"
„Gut, gut. Also, mein Name ist Mohanad Jammo. Ich bin Zahnarzt aus Aleppo in Syrien. Seit zwei Jahren bin ich mit meiner Familie auf der Flucht. Wir können nicht mehr dort leben, wollen nicht mehr dort leben. Im Krieg. Wir..."
„Können Sie erzählen, was Sie letzte Woche, was sie in der Nacht vom 19. auf den 20. März 2014 erlebt haben?"

Mansour Ciss Kanakassy

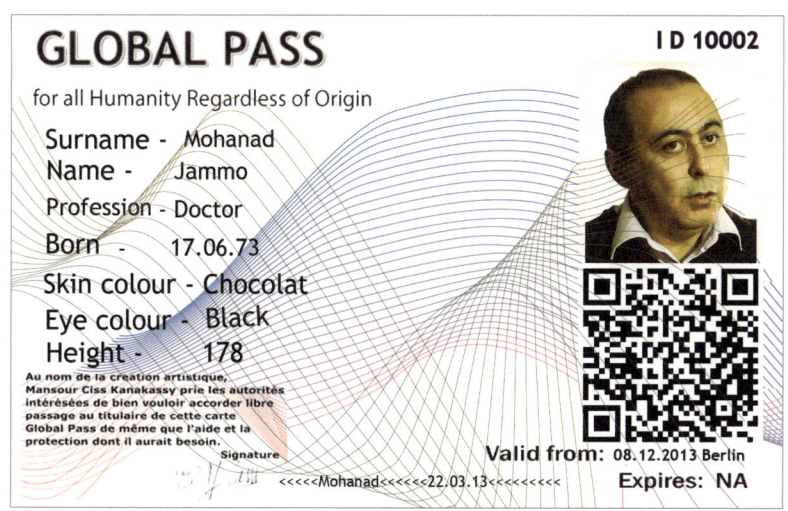

Global Pass – Mohanad Jammo

Mansour Ciss Kanakassy, 2014

„Ach, dieses Mädchen!" Der Arzt seufzt. „Es war schrecklich. Ich meine, wir waren seit mehr als vierundzwanzig Stunden unterwegs. Ich dachte gleich als ich sie sah, dass es nicht einfach werden würde für sie auf dem Boot. Und sie wusste es vermutlich auch. Wir waren siebenundachtzig Menschen an Bord, vor allem Männer aus Somalia und Eritrea, aber auch andere Familien aus Syrien. Das Meer war ruhig, wir kamen gut voran."

„Wann war ihnen klar, dass etwas nicht stimmte?"

„Sie war unglaublich tapfer. Ich meine, sie hat das Kind praktisch alleine zur Welt gebracht. Meine Frau und meine Töchter halfen, sie gegen die Blicke der anderen etwas abzuschirmen. Ich bin Zahnarzt, wissen Sie? Aber ich habe ja doch Medizin studiert, um den Menschen zu helfen, und so tat ich, was ich konnte. Habe die Nabelschnur mit meinem Taschenmesser durchgeschnitten, habe ein T-Shirt in Streifen gerissen, um den Nabel zu verbinden und zu Allah gebetet. Im Sonnenaufgang hatte sie einen Blutsturz. Ich konnte nichts für sie tun, dort draußen auf dem Boot. Überall dieses Blut. Ich schrie den Kapitän an, dass wir die Küstenwache benachrichtigen müssten, da wir doch schon so nah an Lampedusa waren. Endlich gab er mir das Satellitentelefon. Ich habe beinahe zehntausend Dollar für diese Überfahrt bezahlt, für meine Familie und mich. Und ich hatte diesem Typen in Tripolis, also dem hatte ich gesagt, dass er das Geld von mir nur bekommt, wenn es ein Satellitentelefon und GPS an Bord gibt. Und er hatte tatsächlich dafür gesorgt."

„Und wo riefen Sie an?"

„Bei der Rettungsleitstelle in Rom. Ich hatte Recherchen gemacht. Glauben Sie, ich gehe auf ein Boot und weiß nicht, wo ich anrufen muss, wenn ich Hilfe brauche?"

„Haben Sie jemanden erreicht?"

„Natürlich. Ich gab ihnen unsere GPS-Koordinaten durch und sagte, dass hier gerade ein Baby geboren worden war und wir dringend Hilfe brauchten, da die Mutter sonst verbluten würde. Ich meine, wir waren 110 Kilometer vor Lampedusa. Wie lange hätte ein Hubschrauber gebraucht?"

„Wann war dieser Anruf?"
„Das muss gegen neun oder neun Uhr dreißig gewesen sein. Um zehn Uhr dreißig habe ich zum zweiten Mal angerufen und um elf Uhr gleich noch mal. Ich könnte Ihnen die Anrufliste auf dem Telefon zeigen. Aber ich habe das Telefon an den Kapitän zurückgegeben. Es war ja nicht meines. Fragen Sie den Kapitän!"
„Und wie ging es weiter?"
„Ich habe drei Mal angerufen. Beim dritten Mal sagten sie, sie hätten uns auf dem Radarschirm, unser Boot sei auf ihrem Radar. Aber wir wären im falschen Sektor. Für diesen Sektor des Mittelmeeres wäre Italien nicht zuständig. Malta wäre zuständig. „Malta?", rief ich, „Sind Sie verrückt?" Verstehen Sie? Dieses Mädchen war schon ohnmächtig, meine Frau wiegte das Baby in ihrem Arm und am Telefon sagt mir ein italienischer Beamter, er ist nicht zuständig?"
„Was haben Sie dann getan?"
„Ich habe nach der Nummer der Malteser gefragt und rief dort an. Irgendwann kreiste ein Hubschrauber über uns, warf ein Paket mit Keksen und Wasserflaschen ab und drehte wieder ab. Gegen zwölf Uhr ist sie dann gestorben. Der Blutverlust war zu groß. Wir haben sie in Tücher gewickelt. Ich habe das Totengebet gesprochen. Viele an Bord waren Moslems, wir haben gemeinsam gebetet und sie dann im Meer bestattet. Danach galt unsere Sorge nur noch dem Kind. Es wäre zu viel für mich gewesen, wenn wir die Kleine auch noch verloren hätten."
„Wann kam das italienische Rettungsschiff?"
„Das muss gegen siebzehn Uhr dreißig gewesen sein. Ich muss sagen, für die Kleine war es Rettung in letzter Minute. Wir hatten keine Milch, nichts, was wir ihr hätten geben können."
„Warum waren es eigentlich doch die Italiener, die schließlich kamen? Das verstehe ich nicht."
„Das ist normal, die übliche Amtshilfe. Malta wäre für Ihr Boot zuständig gewesen, aber für die maltesische Seenotrettung wäre der Weg viel länger gewesen. Das haben sie ja selbst gesagt. Also hat Malta Italien um Amtshilfe gebeten."

„Aber ich hatte die Italiener doch schon am Morgen angerufen!"
Mohanad Jammo blickt schweigend auf die Tischplatte.

„Dem Kind geht es übrigens gut", sagt die Journalistin in die Stille hinein. „Es liegt im Krankenhaus, aber es geht ihm gut."
„Was passiert denn jetzt mit der Kleinen?", fragt der syrische Zahnarzt.
„Noch ist das Kind staatenlos, aber vermutlich wird es bald adoptiert. Dann wird es eine kleine Italienerin."
„Aha, staatenlos also? Aber nicht namenlos! Wissen Sie das überhaupt? Es hat einen Namen. Das Mädchen heißt Ilaria. Können Sie das dem Krankenhaus sagen? Bitte sagen Sie den Ärzten das! Ihre Mutter gab ihr den Namen Ilaria."
„Ein italienischer Name?", Guilia Biscottini legt die Stirn in Falten, „Kam die Mutter nicht aus Somalia?"
„Hat der Name eine Bedeutung?", erkundigt sich Mohanad Jammo.
„Ilaria heißt die Glückliche."

Die Hördateien für „Ilaria, die Glückliche"

http://bit.ly/ilaria_jhs

Über die Autorinnen und Künstlerinnen

Angela M.D. Otto

geboren 1983 in Bad Soden am Taunus, studierte Kommunikationsdesign in Deutschland und Österreich, lebt seit 2010 in Berlin. Ihre Abschlussarbeit wurde vom Art Directors Club Deutschland 2011 mit Gold ausgezeichnet. Ihre freien Arbeiten waren bereits in Ausstellungen in München, Berlin und New York zu sehen. Ihre Technik basiert auf wahrnehmungspsychologischen Grundsätzen, die mit der Interaktion zwischen visuellem Reiz und Interpretation des Rezipienten spielen.

Angela M.D. Otto lebt und arbeitet in Berlin
www.hoploid.com

Mansour Ciss Kanakassy

schloss seine Ausbildung am „Institut National des Arts du Senegal" 1977 mit einer Bildhauermeisterklasse ab. Gemeinsam mit Baruch Gottlieb und Christian Hannusek gründete er im Jahr 2001 in Berlin das Laboratoire Déberlinisation, ein Kunstprojekt, das sich als Beitrag zum Nord-Süd-Dialog versteht und sich zum Ziel gesetzt hat, eine Diskussion über die postkolonialen Gegebenheiten in Afrika anzuregen. Zu den aktuellen Projekten des Konzept- und Medien-Künstlers zählen neben dem „Global Pass", einem fiktiven, für alle Menschen gültigen Reisedokument, das Projekt „Afro", die fiktive gemeinsame Währung der Afrikanischen Staaten.

Wichtige Projekte/Ausstellungen:
Zuletzt stellte Mansour Ciss Kanakassy an unterschiedlichen Orten in Deutschland aus, darunter am ZKM Karlsruhe. International waren seine Arbeiten u.a. im Palais des Beaux Arts in Brüssel sowie bei der 5th Beijing International Art Biennale zu sehen.

Auszeichnungen / Preise:
2008 Hauptpreis der DakART – Biennale für zeitgenössische afrikanische Kunst.

www.mansourciss.de

Rashid Salman

Jahrgang 1964, lebt und arbeitet in Berlin.
„In der freien Malerei kann ich bewusst und unkompliziert zeitgenössische Tendenzen aufgreifen und vermischen. In meinen Arbeiten verwende ich deshalb neben klassischen Mitteln auch verschiedenste filigrane Alltagsmaterialien und -gegenstände, die ich farbenfroh integriere, frei gestalte und weiterverarbeite."

www.sites.google.com/site/atelierrashidsalman/

Jörg Olvermann

geboren 1971, arbeitet als Konzepter und Texter für digitale Medien. Seine Geschichten verarbeiten den Berliner Alltag, absurde Tag- und Albträume, große Phantasien und flüchtige Gedanken. Trash oder Literatur? Alles ist drin.

Ricarda Brücke

geboren 1977 in Dieburg, studierte Kulturwissenschaften, Anglistik, Germanistik und Deutsch als Fremdsprache an der Universität Leipzig. Sie lebte in Kanada und Schweden und nun als Autorin und Lehrerin in Berlin. Beim Schreiben folgt sie dem Rat von Yoda: „Use your feelings, you must."

Judith H. Strohm

geboren 1978 in Saarbrücken, ist Diplom-Politologin und arbeitet als Projektmanagerin für Vereine und Stiftungen. Neben MischMash ist sie auch Mitglied im Autorenkombinat Kommando Torben B. Ihr Herz gehört der Kurzgeschichte, in der sie vielfältige gesellschaftspolitische Themen aufgreift und mit immer neuen Formen spielt.

www.judith-h-strohm.de

Thanassis Kalaitzis

geboren 1966 in Leipzig, lebt zur Zeit in Berlin (davor nicht-New York, davor nicht-Buenos Aires, davor nicht-Hong-Kong) und schreibt, um dem Alltag einen goldenen Schuss zu setzen. Er arbeitet derzeit als Kulturagent Modellprogramm „Kulturagenten für kreative Schulen" in der kulturellen Bildung.

Wichtige Projekte/Ausstellungen:
Circus. In: Stimmen aus dem Abseits, konkursbuch 45, 2006,
LiebesModell. in: Mein schwules Auge 7, konkursbuchverlag, 2010
Ventura Highway. in: Mein schwules Auge 8, konkursbuchverlag, 2011
Farbkreis. in: Mein schwules Auge 9, konkursbuchverlag, 2012
Vom Lauschen und Schweben. in: Mein schwules Auge 10, konkursbuchverlag, 2013

Inhaltsverzeichnis

Prolog 07

Es klingt so wild und dunkel
Ricarda Brücke

AKT I 09
AKT II 14
AKT III 25

Schieß' auf die Kunst
Thanassis Kalaitzis

Donnerstag - Freitag 35
Samstag 42
Sonntag 48

Abendrot
Jörg Olvermann

Los Angeles 57
Neukölln 62
Friedrichshagen 67

Ilaria, die Glückliche
Judith H. Strohm

Am Strand von Hobyo, Somalia, September 2009 77
Eine Baracke in Tripolis, Libyen, Juni 2013 79
Strand von Tripolis, Libyen, Januar 2014 83
Büro des Jesuiten-Flüchtlingsdienstes, Lampedusa, Italien, März 2014 ... 86

Über die Autorinnen und Künstlerinnen
Danksagung

Bildverzeichnis

Angela M.D. Otto

Horatio, der Goldmops — 30
5 Masken — 31
Masken: Fotografische Umsetzung — 32

Rashid Salman

Der Retter der Nacht — 54

Mansour Ciss Kanakassy

Global Pass - Suleekho Abate — 80
Global Pass - Patras Bwansi — 84
Global Pass - Mohanad Jammo — 87

Danksagung

Die Heldinnen und Helden unserer Reisen sind nie alleine. Sie brauchen Weggefährten, die die Heldenreise mit ihrem Wissen, Können und ihrem Engagement erst möglich machen. So möchten auch wir uns bei allen bedanken, die auf ihre Weise dazu beigetragen haben, dass „It's a quest, Baby!" zu einem tollen Projekt wurde.
Wir danken David Salcedo Rico und seinem Team, das uns mit der Galatea Wine & Music Bar eine wunderbare Projektlocation zur Verfügung gestellt hat.
Ein dickes Dankeschön geht auch an Erika Strohm, die unsere Texte korrigiert hat und ganz besonders an Matthias Litzkowy, der uns das Einsprechen der Texte ermöglichte.
Wir bedanken uns auch bei Angela M.D. Otto für das wunderbare Cover dieses Buches und bei Thanassis Kalaitzis der Texte und Bilder in unermüdlicher Kleinarbeit gesetzt hat.